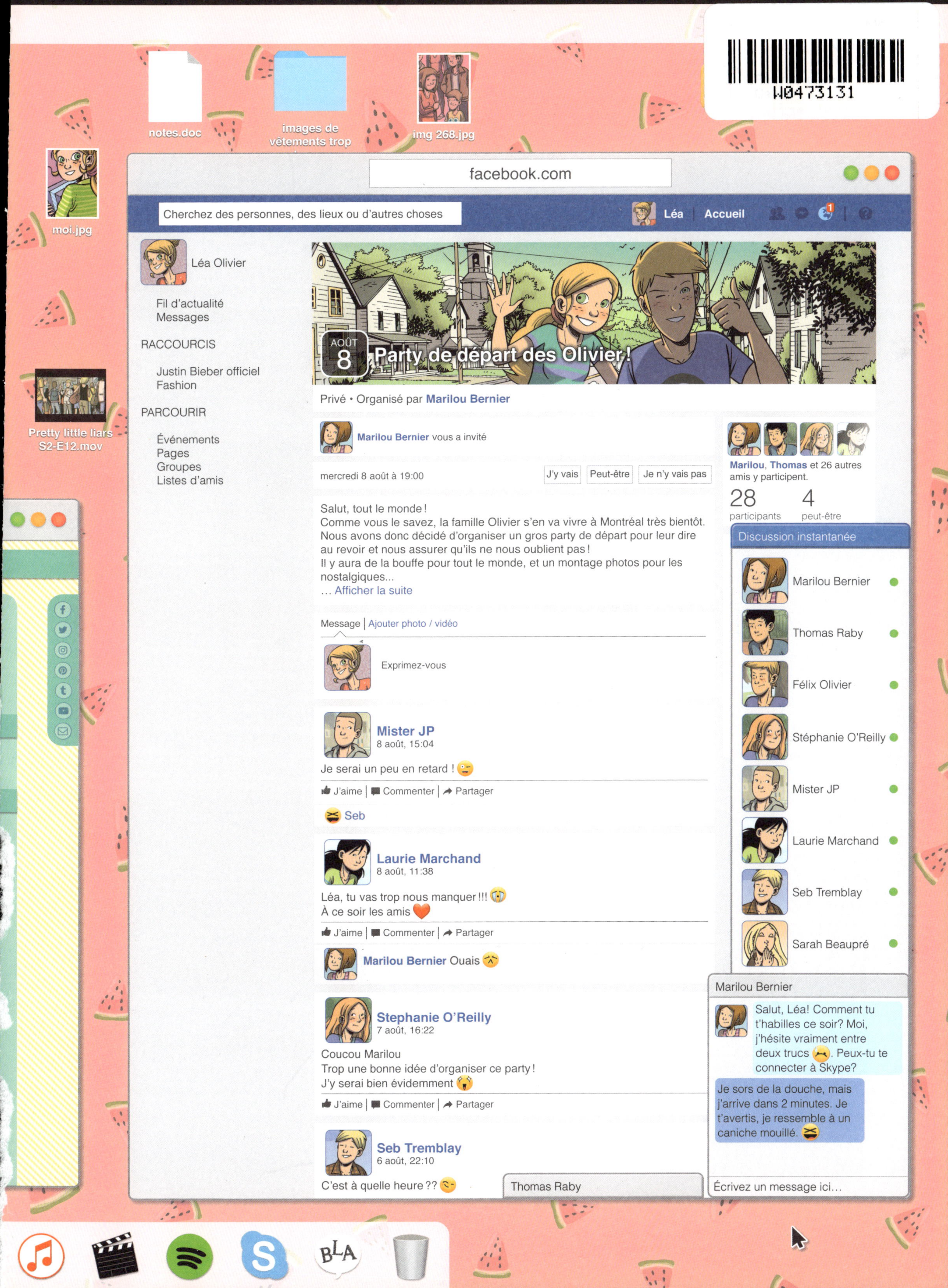
notes.doc
images de vêtements trop
img 268.jpg
moi.jpg
Pretty little liars S2-E12.mov
facebook.com
Cherchez des personnes, des lieux ou d'autres choses
Léa
Accueil
Léa Olivier
Fil d'actualité
Messages
RACCOURCIS
Justin Bieber officiel
Fashion
PARCOURIR
Événements
Pages
Groupes
Listes d'amis
AOÛT 8
Party de départ des Olivier!
Privé • Organisé par Marilou Bernier
Marilou Bernier vous a invité
mercredi 8 août à 19:00
J'y vais
Peut-être
Je n'y vais pas
Salut, tout le monde!
Comme vous le savez, la famille Olivier s'en va vivre à Montréal très bientôt. Nous avons donc décidé d'organiser un gros party de départ pour leur dire au revoir et nous assurer qu'ils ne nous oublient pas!
Il y aura de la bouffe pour tout le monde, et un montage photos pour les nostalgiques...
… Afficher la suite
Message | Ajouter photo / vidéo
Exprimez-vous
Mister JP
8 août, 15:04
Je serai un peu en retard !
J'aime | Commenter | Partager
Seb
Laurie Marchand
8 août, 11:38
Léa, tu vas trop nous manquer!!!
À ce soir les amis
J'aime | Commenter | Partager
Marilou Bernier Ouais
Stephanie O'Reilly
7 août, 16:22
Coucou Marilou
Trop une bonne idée d'organiser ce party!
J'y serai bien évidemment
J'aime | Commenter | Partager
Seb Tremblay
6 août, 22:10
C'est à quelle heure??
Thomas Raby
Marilou, Thomas et 26 autres amis y participent.
28 participants
4 peut-être
Discussion instantanée
Marilou Bernier
Thomas Raby
Félix Olivier
Stéphanie O'Reilly
Mister JP
Laurie Marchand
Seb Tremblay
Sarah Beaupré
Marilou Bernier
Salut, Léa! Comment tu t'habilles ce soir? Moi, j'hésite vraiment entre deux trucs. Peux-tu te connecter à Skype?
Je sors de la douche, mais j'arrive dans 2 minutes. Je t'avertis, je ressemble à un caniche mouillé.
Écrivez un message ici…
BLA

Avant-propos

Bienvenue au Québec !

Pour vous permettre de vous fondre totalement dans la vie compliquée de Léa Olivier, nous avons tenu à respecter le langage fleuri de sa Belle Province.

Pour vous aider, les termes suivis d'un astérisque sont expliqués en bas de page lors de leur première utilisation, et par la suite, vous pourrez les retrouver si nécessaire dans le lexique alphabétique à la fin du livre.

Nous vous souhaitons un très bon moment de lecture !

Les auteurs

BD déjà parues :

Kennes
Éditeur
de coups de cœur

Retrouvez-nous sur www.kenneseditions.com

Rejoignez-nous sur notre page Facebook : www.facebook.com/KennesEditions

Suivez-nous sur notre compte Instagram : kenneseditions

Photographie de l'actrice Laurence Deschênes en première de couverture : François Couture
Photographie des acteurs en quatrième de couverture : Martin E. Lipman

Rue de Blanche Borne 15
6280 Gerpinnes (Loverval) – Belgique

Dépôt légal : juin 2021 | D/2021/13.105/52
ISBN 978-2-3807-5428-5 | NUART 59-2039-0

Impression : Lesaffre – Belgique

LA VIE COMPLIQUÉE DE Léa Olivier

CATHERINE GIRARD-AUDET

1. Perdue

D'après le roman de **Catherine Girard-Audet**
Scénario de **Alcante**
Dessin de **Ludo Borecki**
Couleurs de **Johan Pilet**

Kennes

facebook.com
Cherchez des personnes, des lieux ou d'autres choses
Léa
Accueil
Léa Olivier
Fil d'actualité
Messages
RACCOURCIS
Justin Bieber officiel
Fashion
PARCOURIR
Évènements
Pages
Groupes
Listes d'amis
Message | Ajouter photo / vidéo
Exprimez-vous
Léa Olivier
11 août, 08:16
Voilà, aujourd'hui je pars vivre à Montréal pfffff ! Vous allez tous me manquer !
J'aime | Commenter | Partager
Marilou Bernier NOOON ! Ne pars pas ! Je ne peux pas survivre sans ma meilleure amie !
Léa Olivier Merci ! Je sais que tu es ma best pour toujours !
Thomas Raby Courage, Léa !
Léa Olivier Thomas !
Félix Olivier Panique pas, petite sœur ! Ça va être super fun !
Léa Olivier Pour la 1000ème fois, Félix, arrête de commenter mes publications !!!
Discussion instantanée
Marilou Bernier
Thomas Raby
Félix Olivier
Stéphanie O'Reilly
Mister JP
Laurie Marchand
Seb Tremblay
Sarah Beaupré
POURQUOI MON PÈRE A TROUVÉ CE NOUVEAU TRAVAIL !?! IL DIT QUE C'EST UN POSTE DE RÊVE MAIS LE RÉSULTAT, C'EST UN CAUCHEMAR POUR MOI !
FAUT LE COMPRENDRE, C'EST LA VIE, ET PUIS TU VAS DÉCOUVRIR DES TAS DE TRUCS LÀ-BAS...

T'EN PARLES COMME SI ÇA TE FAISAIT RIEN QU'ON VA ÊTRE SÉPARÉS !
BEN NON, J'ESSAIE JUSTE DE TE RÉCONFORTER. ET PUIS, ON SE REVERRA BIENTÔT !
DANS DEUX MOIS ! J'OSE MÊME PAS COMPTER COMBIEN D'HEURES ÇA FAIT... TU M'ÉCRIRAS TOUS LES JOURS AU MOINS !?
J'ESSAIERAI, MAIS N'OUBLIE PAS QUE J'AI MON JOB AU GARAGE DE MON ONCLE ! ET QUE JE VAIS DEVOIR BÛCHER SUR MES MATHS CETTE ANNÉE SI JE VEUX PAS REDOUBLER...
SNFF SNFF... TU AS ENCORE FUMÉ !?!
EUH... JUSTE UN PEU AVEC MES AMIS HIER SOIR ! C'EST RIEN, LÉA !
TÛÛÛÛÛT TÛÛT
VAS-Y MAINTENANT, TES PARENTS S'IMPATIENTENT !
ESSAIE DE GARDER LE SOURIRE... MÊME SI C'EST PAS FACILE !
OUAIS. MERCI D'ÊTRE VENUE, ÇA VA ME FAIRE TROP DRÔLE DE PLUS TE VOIR TOUS LES JOURS !
TANT QU'ON A INTERNET, ON SERA JAMAIS LOIN L'UNE DE L'AUTRE !!!
Montré

Léa : Il paraît que le paysage était superbe, mais je t'avoue que j'ai rien remarqué tellement j'étais perdue dans mes pensées !
Marilou : Je te comprends !
SUR 2 KM
Léa : J'étais contente que Thomas soit venu, mais il m'a même pas dit « Je t'aime » ! Ça me fait paniquer, j'ai peur qu'il m'oublie ! Surtout que mes parents disent qu'une relation à distance, c'est super dur !
Marilou : T'en fais pas ! Tu connais ton « beau brun ténébreux » lol ! Il est pas à l'aise avec les mots. Et même si je l'aime pas trop (tu sais bien !), il est quand même très accroché à toi !
Léa : Ouais, j'espère… N'empêche je vais me sentir super seule ! J'ai peur d'être rejetée en plus ! Pfff j'aimerais bien être comme Félix. Je suis sûre qu'il va encore se débrouiller pour être super populaire !
Marilou : Ah ! Ah ! Ah ! Toi qui dis vouloir être comme ton frère ?? Incroyable ! Fais-toi confiance, Léa. Tu es une fille super cool, et je suis certaine que tu vas te faire des amis !
Léa : Tu me connais, je suis quand même timide et j'ai tendance à me renfermer dans ma bulle. Alors, à Montréal…
Léa : Je me sens toute petite ☹.
EST
MONTRÉAL

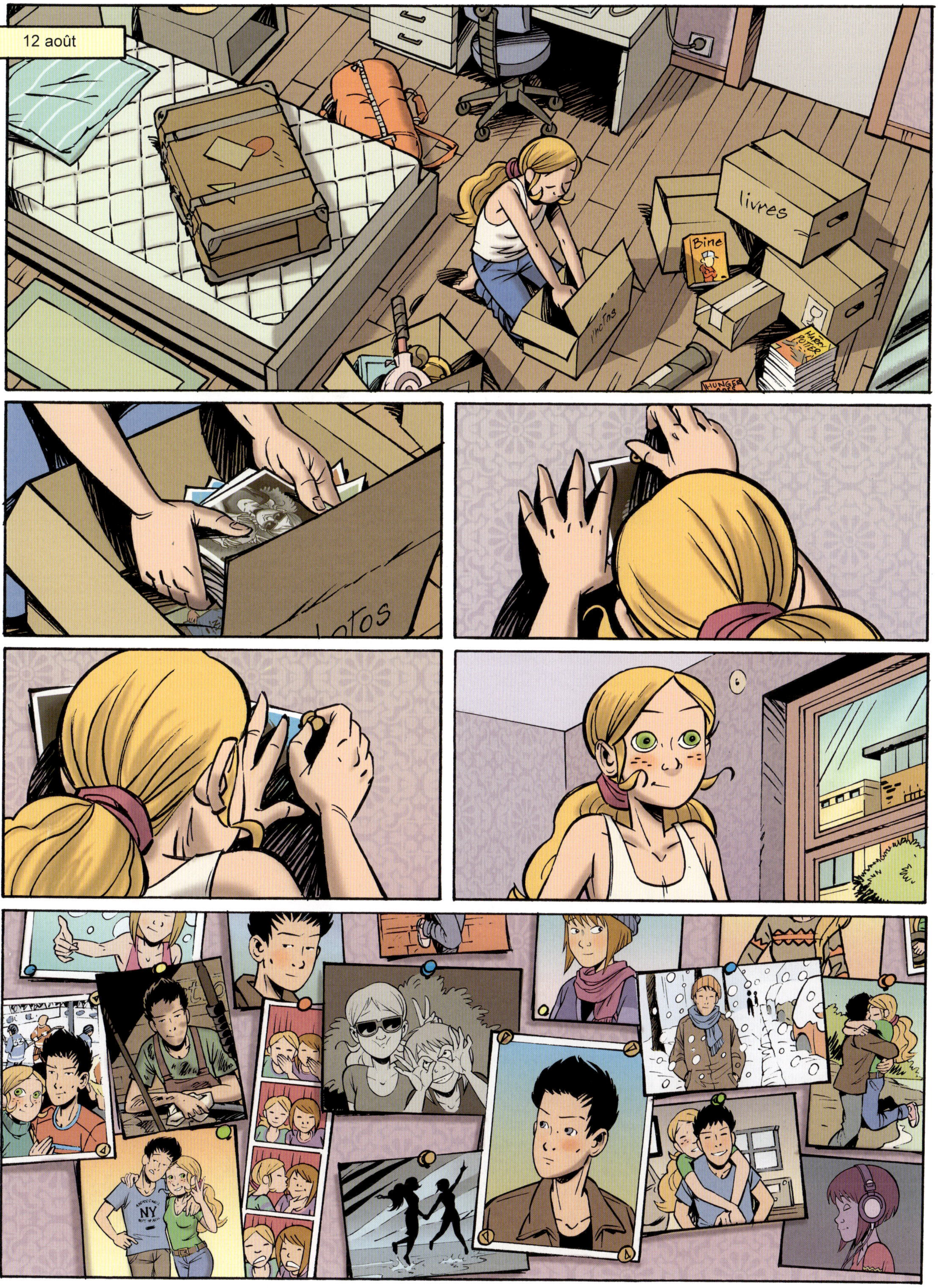
12 août
livres
Bine
NY

* PLATE : ENNUYEUX.

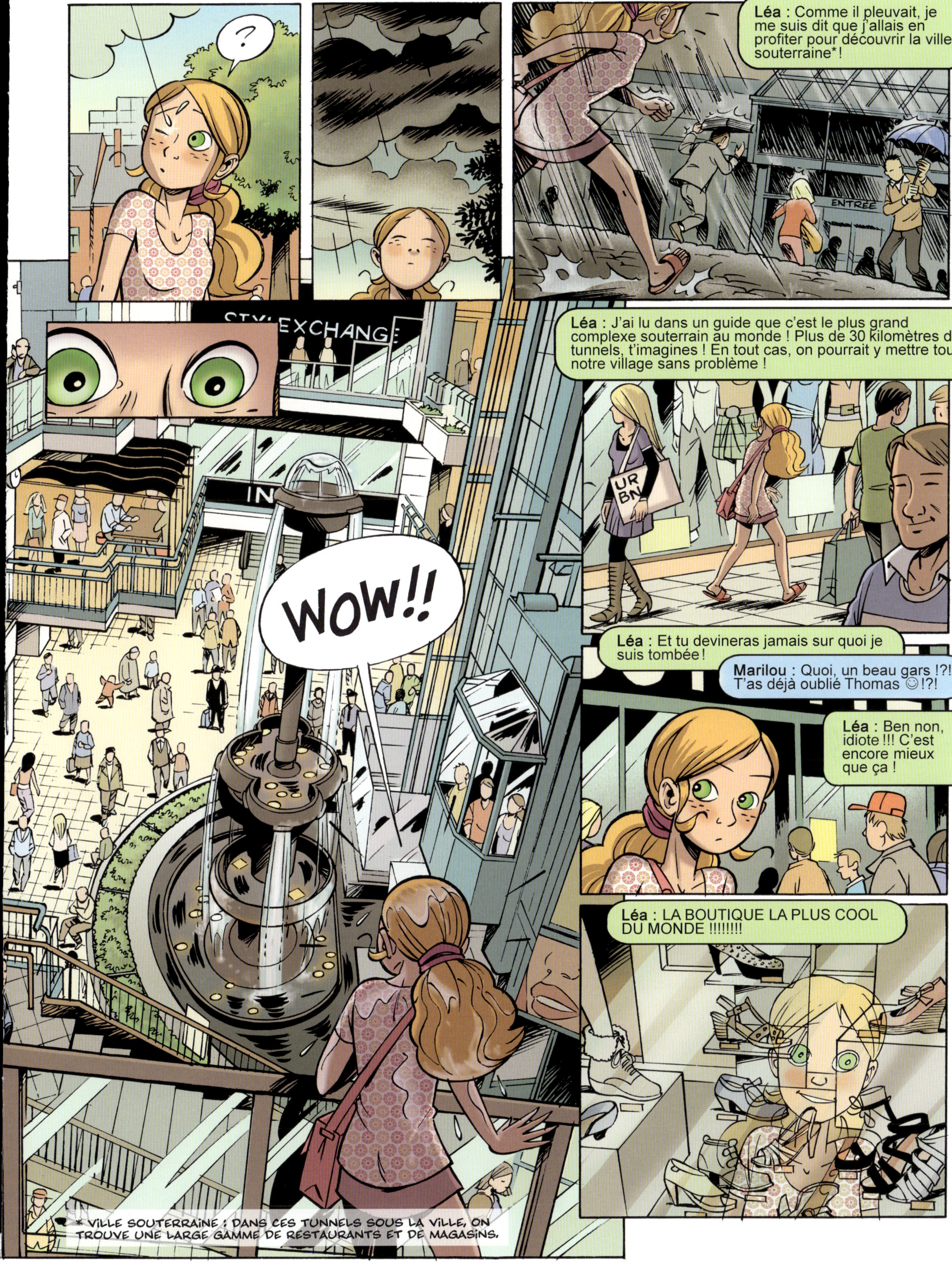
?
Léa : Comme il pleuvait, je me suis dit que j'allais en profiter pour découvrir la ville souterraine*!
ENTRÉE
STYLEXCHANGE
Léa : J'ai lu dans un guide que c'est le plus grand complexe souterrain au monde ! Plus de 30 kilomètres de tunnels, t'imagines ! En tout cas, on pourrait y mettre tout notre village sans problème !
WOW!!
UR BN
Léa : Et tu devineras jamais sur quoi je suis tombée !
Marilou : Quoi, un beau gars !?! T'as déjà oublié Thomas ☺!?!
Léa : Ben non, idiote !!! C'est encore mieux que ça !
Léa : LA BOUTIQUE LA PLUS COOL DU MONDE !!!!!!!
* VILLE SOUTERRAINE : DANS CES TUNNELS SOUS LA VILLE, ON TROUVE UNE LARGE GAMME DE RESTAURANTS ET DE MAGASINS.

Léa : Je te jure, tu hallucinerais ! Il y a TOUTES nos boutiques préférées !!
Marilou : OMG !!! Qu'est-ce que tu t'es acheté ??
Léa : Je me suis retenue ! Sinon j'aurais dépensé toutes mes économies ! Je reviendrai avec ma mère.
Léa : Je dois dire que pendant quelques heures, j'ai un peu oublié que j'étais seule au monde☺ ! Le problème, c'est que je suis passée d'une boutique à l'autre sans trop regarder où j'allais… Et dans mon enthousiasme, j'ai même pris le métro 2 ou 3 fois sans consulter le plan !
JUSTIN BIEBER
NEVER SAY NEVER
18/01
Léa : Alors au bout d'un moment…
EXCUSEZ-MOI, MONSIEUR, VOUS POURRIEZ M'AIDER…
I'M SORRY YOUNG LADY, I DON'T SPEAK FRENCH AT ALL !
AH EUH…
PARDON, POUR ALLER À LA STATION JEAN TALON ?!?
TU DOIS PRENDRE LA LIGNE VERTE JUSQU'À BERRI. ENSUITE TU CHANGES DE LIGNE. NE PRENDS SURTOUT PAS LA JAUNE !
OK, MAIS ELLE EST OÙ LA LIGNE VERTE ?
MONSIEUR, S'IL VOUS PLAÎT !
OUAIS, P'TITE ?
EUH… NON RIEN, EXCUSEZ-MOI DE VOUS AVOIR DÉRANGÉ, PARDON…
Léa : Il ne me restait qu'une seule chose à faire !!!
FÉLIX, À L'AIIIIDDEEE !!

* GANG (MOT FÉM. AU QUÉBEC) : BANDE D'AMIS.
** CHUM : PETIT AMI, AMOUREUX.

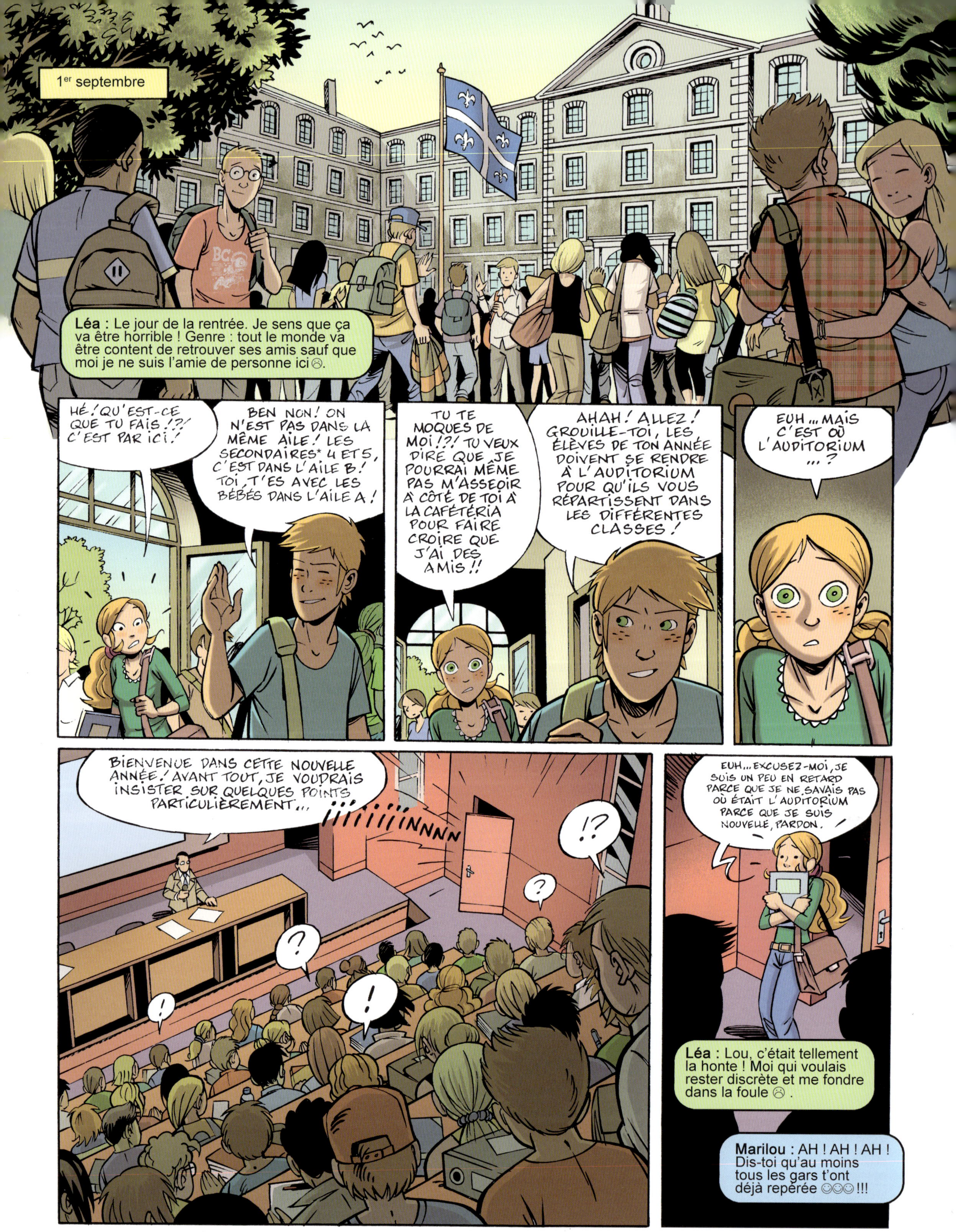

* SECONDAIRE : AU QUÉBEC, ON VA À L'ÉCOLE SECONDAIRE PENDANT CINQ ANS, DE LA PREMIÈRE À LA CINQUIÈME (DE 12 À 17 ANS).

WELCOME EVERYBODY. LET'S BEGIN BY INTRODUCING OURSELVES!
English
Léa : Bien sûr, il a fallu que je me tape un cours de chinois, euh je veux dire d'anglais le premier jour !!!
LET'S BEGIN WITH YOU. WHO ARE YOU? WHAT ARE YOUR HOBBIES?
Hello, my name is Sophie. I am fourteen years old. I like to dance and to listen to music.
WHAT ABOUT YOU?
Hello, my name is Éric. I am fourteen years old too, and I like to play tennis and watch TV series.
AND YOU ARE A NEW STUDENT, AREN'T YOU?
NICE TO EUH MET YOU. MY NAME IS LÉA AND I DO LAIKE EUH... TO GO TO THE EUH MAGASINS EUH NON SHOPPING AND I HAVE FOURTIN YIRS.
UH UH... I SEE...
OK ALL OF YOU, TAKE YOUR BOOKS AT PAGE 15, WE'LL LEARN SOME NEW SPECIFIC VOCABULARY.
EUH... ET EN FRANÇAIS, ÇA DONNE QUOI CE QU'IL VIENT DE DIRE?
IL A DIT QU'IL FALLAIT OUVRIR NOTRE LIVRE À LA PAGE 15.
MERCI! JE ME SENS TELLEMENT MAUVAISE! VOUS PARLEZ TOUS SUPER BIEN ANGLAIS!
QUAND JE SUIS ARRIVÉE ICI, J'AVAIS AUSSI DU RETARD SUR LES AUTRES. SI TU VEUX, JE T'AIDERAI!
Léa : Au moins quelqu'un m'a adressé la parole aujourd'hui ☺! Elle s'appelle Jeanne !

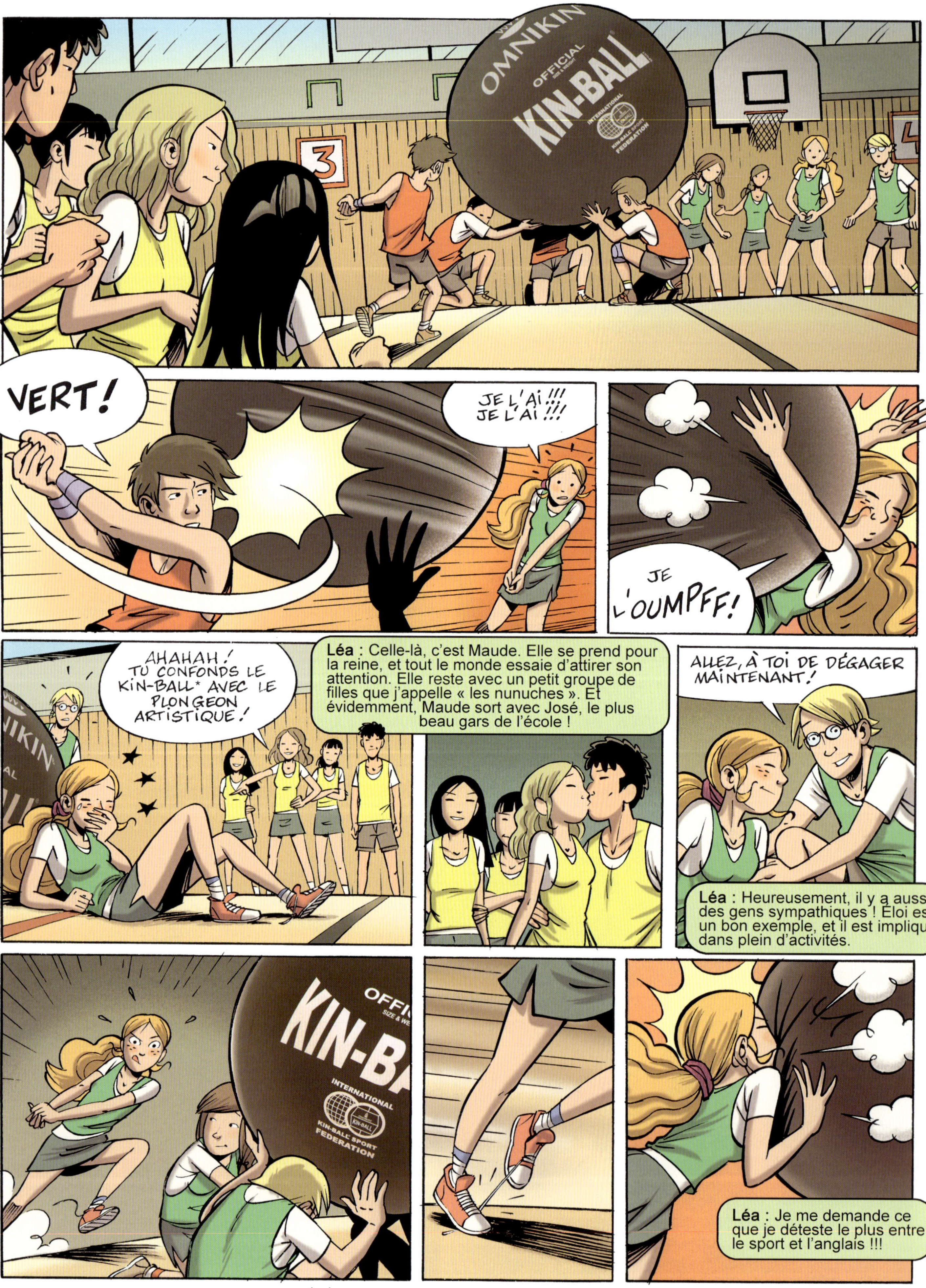

* KIN-BALL : SPORT COLLECTIF D'ORIGINE QUÉBÉCOISE QUI A COMME PARTICULARITÉ LE NOMBRE D'ÉQUIPES SUR LE TERRAIN (3) ET LA TAILLE DU BALLON (1,22 M DE DIAMÈTRE). L'OBJECTIF EST DE SERVIR LE BALLON DE TELLE SORTE QUE L'ÉQUIPE ADVERSE NE PUISSE LE RÉCEPTIONNER AVANT QU'IL NE TOUCHE LE SOL.

* BLONDE : AMOUREUSE, COPINE, COMPAGNE.
** CUTE : AU QUÉBEC, LE MOT "CUTE" EST TRÈS UTILISÉ. IL S'AGIT D'UN ANGLICISME QUI VEUT DIRE "MIGNON" OU "SYMPATHIQUE".

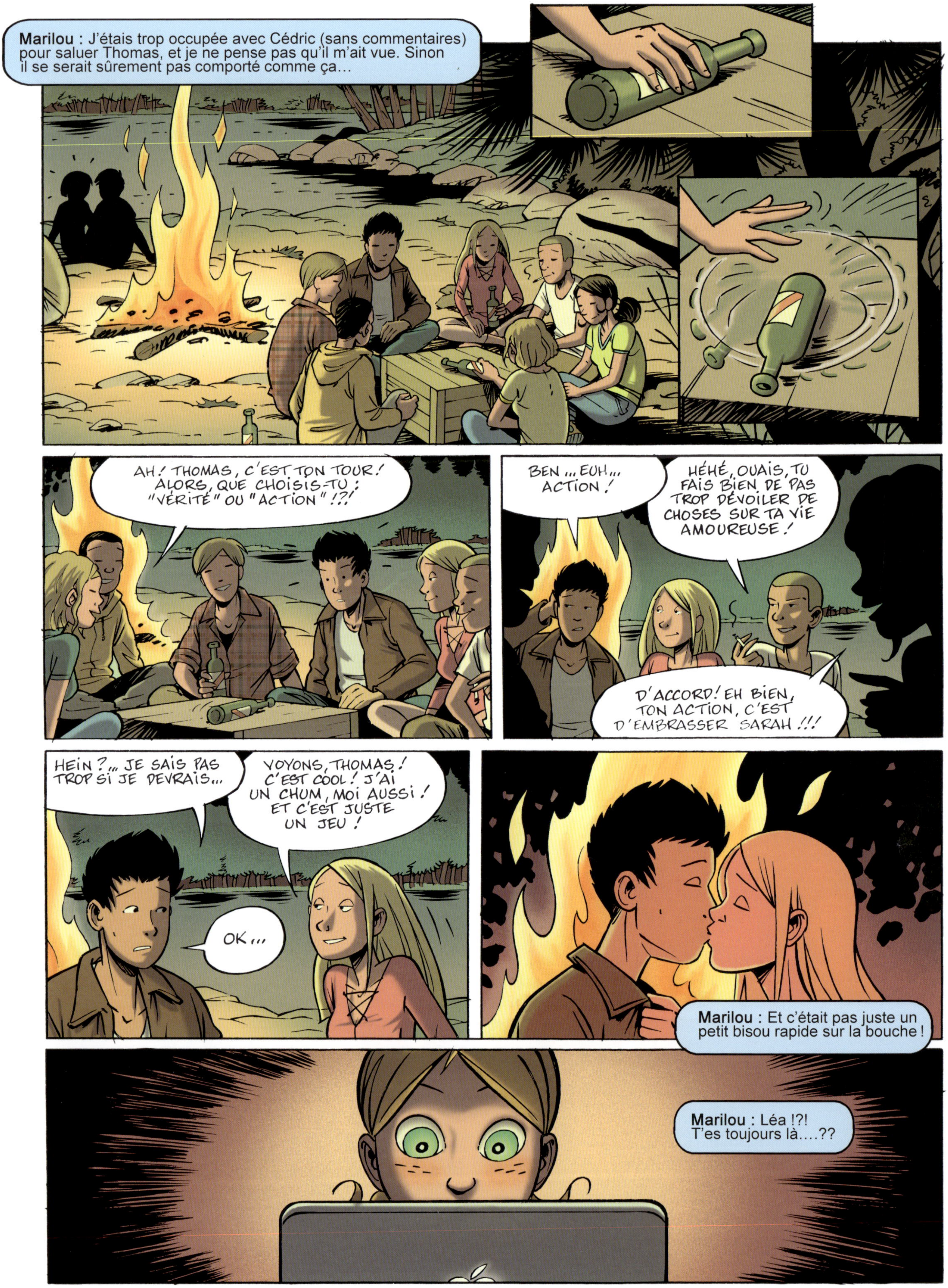
Marilou : J'étais trop occupée avec Cédric (sans commentaires) pour saluer Thomas, et je ne pense pas qu'il m'ait vue. Sinon il se serait sûrement pas comporté comme ça…
AH ! THOMAS, C'EST TON TOUR ! ALORS, QUE CHOISIS-TU : "VÉRITÉ" OU "ACTION" !?!
BEN… EUH… ACTION !
HÉHÉ, OUAIS, TU FAIS BIEN DE PAS TROP DÉVOILER DE CHOSES SUR TA VIE AMOUREUSE !
D'ACCORD ! EH BIEN, TON ACTION, C'EST D'EMBRASSER SARAH !!!
HEIN ?… JE SAIS PAS TROP SI JE DEVRAIS…
VOYONS, THOMAS ! C'EST COOL ! J'AI UN CHUM, MOI AUSSI ! ET C'EST JUSTE UN JEU !
OK…
Marilou : Et c'était pas juste un petit bisou rapide sur la bouche !
Marilou : Léa !?! T'es toujours là….??

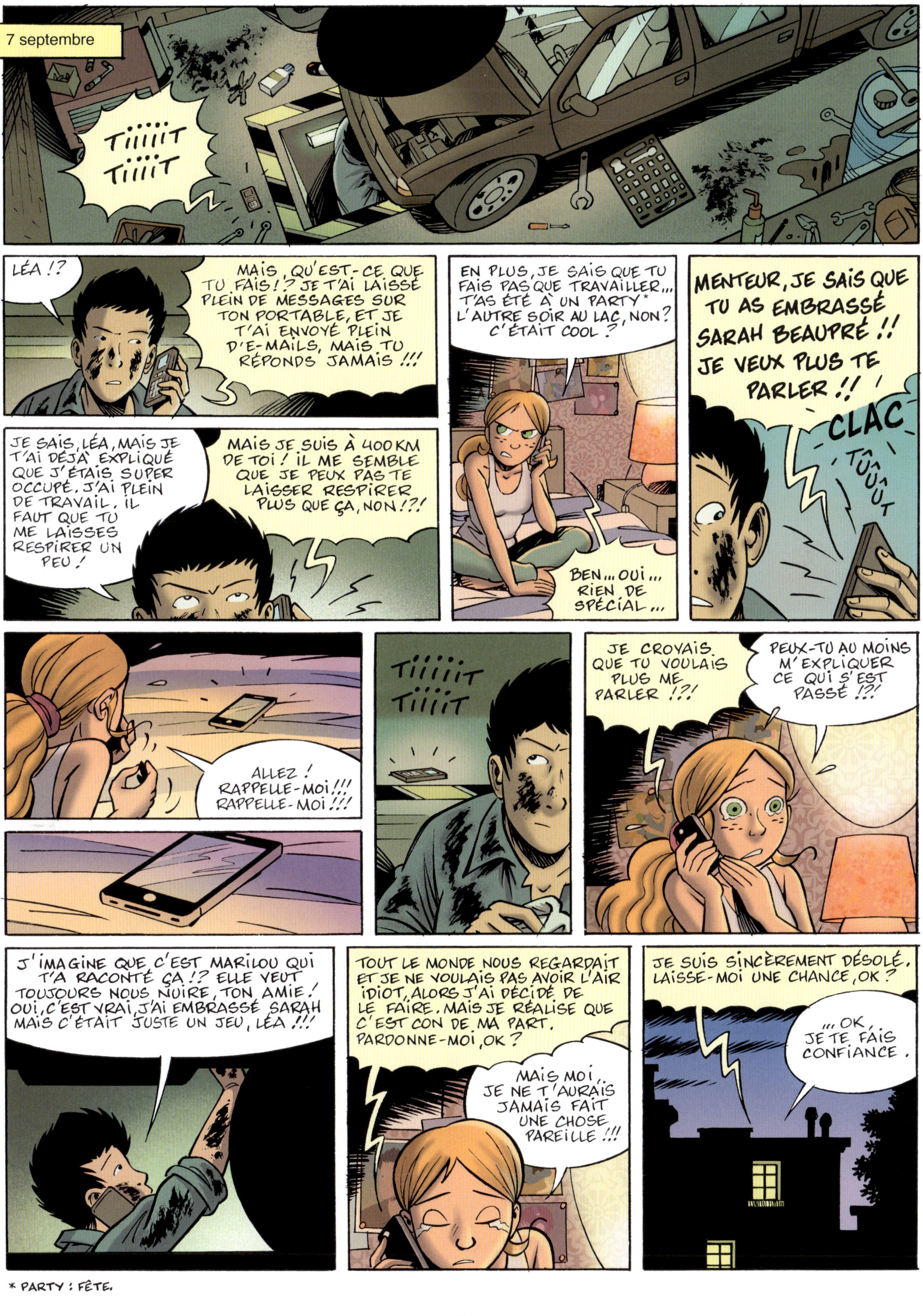
7 septembre
TIIIIIT TIIIIT
LÉA !?
MAIS, QU'EST-CE QUE TU FAIS !? JE T'AI LAISSÉ PLEIN DE MESSAGES SUR TON PORTABLE, ET JE T'AI ENVOYÉ PLEIN D'E-MAILS, MAIS TU RÉPONDS JAMAIS !!!
JE SAIS, LÉA, MAIS JE T'AI DÉJÀ EXPLIQUÉ QUE J'ÉTAIS SUPER OCCUPÉ. J'AI PLEIN DE TRAVAIL. IL FAUT QUE TU ME LAISSES RESPIRER UN PEU !
MAIS JE SUIS À 400 KM DE TOI ! IL ME SEMBLE QUE JE PEUX PAS TE LAISSER RESPIRER PLUS QUE ÇA, NON !?!
EN PLUS, JE SAIS QUE TU FAIS PAS QUE TRAVAILLER... T'AS ÉTÉ À UN PARTY* L'AUTRE SOIR AU LAC, NON ? C'ÉTAIT COOL ?
BEN... OUI... RIEN DE SPÉCIAL...
MENTEUR, JE SAIS QUE TU AS EMBRASSÉ SARAH BEAUPRÉ !! JE VEUX PLUS TE PARLER !!
CLAC
TUUUUT
ALLEZ ! RAPPELLE-MOI !!! RAPPELLE-MOI !!!
TIIIIIT TIIIIT
JE CROYAIS QUE TU VOULAIS PLUS ME PARLER !?!
PEUX-TU AU MOINS M'EXPLIQUER CE QUI S'EST PASSÉ !?!
J'IMAGINE QUE C'EST MARILOU QUI T'A RACONTÉ ÇA !? ELLE VEUT TOUJOURS NOUS NUIRE, TON AMIE ! OUI, C'EST VRAI, J'AI EMBRASSÉ SARAH MAIS C'ÉTAIT JUSTE UN JEU, LÉA !!!
TOUT LE MONDE NOUS REGARDAIT ET JE NE VOULAIS PAS AVOIR L'AIR IDIOT, ALORS J'AI DÉCIDÉ DE LE FAIRE. MAIS JE RÉALISE QUE C'EST CON DE MA PART. PARDONNE-MOI, OK ?
MAIS MOI, JE NE T'AURAIS JAMAIS FAIT UNE CHOSE PAREILLE !!!
JE SUIS SINCÈREMENT DÉSOLÉ. LAISSE-MOI UNE CHANCE, OK ?
... OK, JE TE FAIS CONFIANCE.

* PARTY : FÊTE.

Léa : Aujourd'hui, Éloi m'a fait découvrir le local du journal étudiant. Éloi est le rédacteur en chef.
VOILÀ C'EST ICI QU'ON TRAVAILLE !
C'EST COOL ! LE JOURNAL PARAÎT SOUVENT ?
UNE FOIS TOUTES LES DEUX SEMAINES EN PRINCIPE, MAIS PARFOIS ON FAIT AUSSI DES NUMÉROS SPÉCIAUX POUR LES VOYAGES SCOLAIRES OU DES TRUCS DU GENRE.
ÇA DOIT VOUS PRENDRE BEAUCOUP DE TEMPS, NON ?
OUAIS, MAIS C'EST VRAIMENT COOL À FAIRE. IL Y A DES AVANTAGES AUSSI ! PAR EXEMPLE, LES PROFS SONT PLUS COMPRÉHENSIFS QUAND ON LEUR DEMANDE D'AVOIR UN PEU PLUS DE TEMPS POUR UN DEVOIR S'ILS SAVENT QU'ON TRAVAILLE POUR LE JOURNAL. ET ÇA PERMET AUSSI D'AVOIR UNE PETITE EXPÉRIENCE EN JOURNALISME !
D'AILLEURS, J'AIMERAIS ÇA, T'INTERVIEWER !
MOI !? MAIS QU'EST-CE QUE TU VEUX QUE JE TE RACONTE ? JE VIENS À PEINE D'ARRIVER ICI !
MAIS JUSTEMENT, TU POURRAS PARLER DE TON INTÉGRATION ! ON POURRAIT TE FILMER SUR LE SITE INTERNET DU JOURNAL.
EUH, JE PENSE PAS NON ! JE SUIS DÉJÀ MAL À L'AISE QUAND JE DOIS PARLER EN CLASSE, ALORS J'IMAGINE MÊME PAS CE QUI ARRIVERAIT DEVANT UN MICRO !
N'EMPÊCHE QUE SON IDÉE N'EST PAS MAUVAISE ! ET SI TU ÉCRIVAIS UN TEXTE SUR LE SUJET, ÇA TE PLAIRAIT PLUS ? TU POURRAIS RACONTER COMMENT TU VOIS LES CHOSES DANS TA NOUVELLE ÉCOLE !?
C'EST VRAI QUE J'AIME BEAUCOUP ÉCRIRE... MAIS ÇA ME GÊNERAIT QUE TOUT LE MONDE LISE ÇA !
ALLEZ, SOIS PAS GÊNÉE ! CE SERAIT SUPER COOL COMME ÉDITORIAL !
OK. JE VEUX BIEN ESSAYER !

Léa : Aujourd'hui, je suis allée chez Jeanne pour pratiquer un peu mon anglais…
Ze tichair spiks to ze stioudennt.
PAS MAL !
MAIS TA PRONONCIATION … EUH … N'EST PAS ENCORE PARFAITE ! LE "TH", PAR EXEMPLE, TU LE PRONONCES COMME UN Z, MAIS CE N'EST PAS TOUT À FAIT ÇA. REGARDE, TU DOIS METTRE TA LANGUE ENTRE LES DENTS, ET PUIS LA RAMENER VERS L'ARRIÈRE. ESSAIE. "THE … THE … THE …"
ZZZE … SSE … CHE.
OUPS. DÉSOLÉE !
EUH … OUAIS … ON VA PLUTÔT FAIRE UN PEU DE GRAMMAIRE !
LE PRÉSENT SIMPLE, C'EST POUR EXPRIMER QUELQUE CHOSE QUI EST VRAI TOUT LE TEMPS. PAR CONTRE, TU UTILISES LE PRÉSENT CONTINU QUAND C'EST UNE ACTION QUI EST EN TRAIN DE SE PRODUIRE.
"LE SOLEIL SE LÈVE À L'EST", C'EST VRAI TOUS LES JOURS. DONC, ON UTILISE LE PRÉSENT SIMPLE : "THE SUN RISES IN THE EAST". PAR CONTRE, "IL PLEUT", C'EST TEMPORAIRE, DONC ON UTILISE LE PRÉSENT CONTINU : "IT'S RAINING". D'ACCORD ?
OUI …
MAIS SI JE VEUX DIRE "JE T'AIME" À MON CHUM, EST-CE QUE JE DIS "I LOVE YOU" OU "I AM LOVING YOU" ? EST-CE QUE ÇA DÉPEND À QUEL POINT JE L'AIME ?
AH ! AH ! NON, LÀ, ON DIT TOUJOURS "I LOVE YOU". C'EST DRÔLE, MAIS J'AVAIS JAMAIS PENSÉ À ÇA ! C'EST COMME SI L'AMOUR ÉTAIT ÉTERNEL PAR DÉFINITION …
TU AS UN CHUM ?
OUI, MAIS IL HABITE À 400KM D'ICI, ALORS C'EST PAS FACILE …

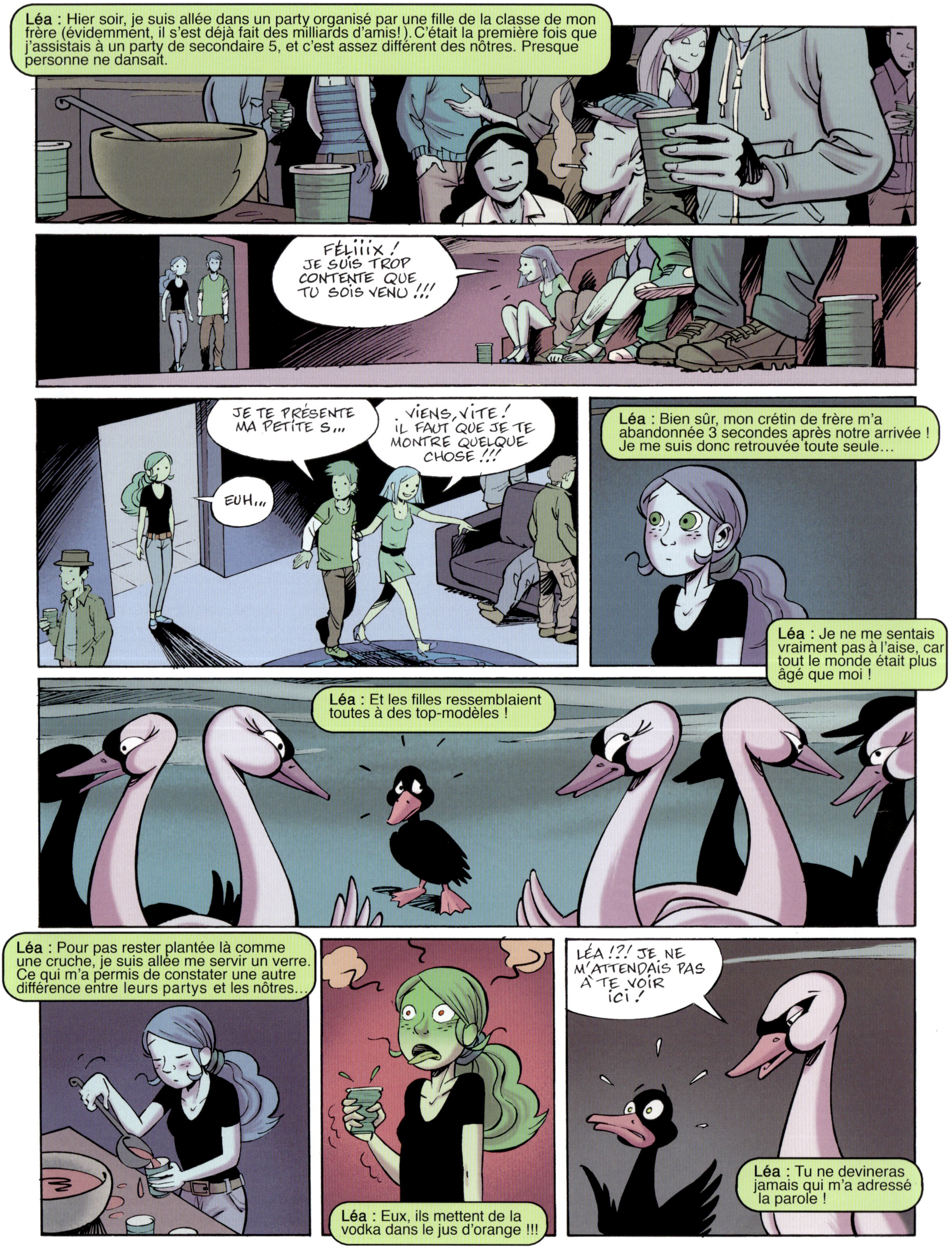
Léa : Hier soir, je suis allée dans un party organisé par une fille de la classe de mon frère (évidemment, il s'est déjà fait des milliards d'amis!). C'était la première fois que j'assistais à un party de secondaire 5, et c'est assez différent des nôtres. Presque personne ne dansait.
FÉLIIIX ! JE SUIS TROP CONTENTE QUE TU SOIS VENU !!!
JE TE PRÉSENTE MA PETITE S...
VIENS, VITE ! IL FAUT QUE JE TE MONTRE QUELQUE CHOSE !!!
EUH...
Léa : Bien sûr, mon crétin de frère m'a abandonnée 3 secondes après notre arrivée ! Je me suis donc retrouvée toute seule…
Léa : Je ne me sentais vraiment pas à l'aise, car tout le monde était plus âgé que moi !
Léa : Et les filles ressemblaient toutes à des top-modèles !
Léa : Pour pas rester plantée là comme une cruche, je suis allée me servir un verre. Ce qui m'a permis de constater une autre différence entre leurs partys et les nôtres…
Léa : Eux, ils mettent de la vodka dans le jus d'orange !!!
LÉA !?! JE NE M'ATTENDAIS PAS À TE VOIR ICI !
Léa : Tu ne devineras jamais qui m'a adressé la parole !

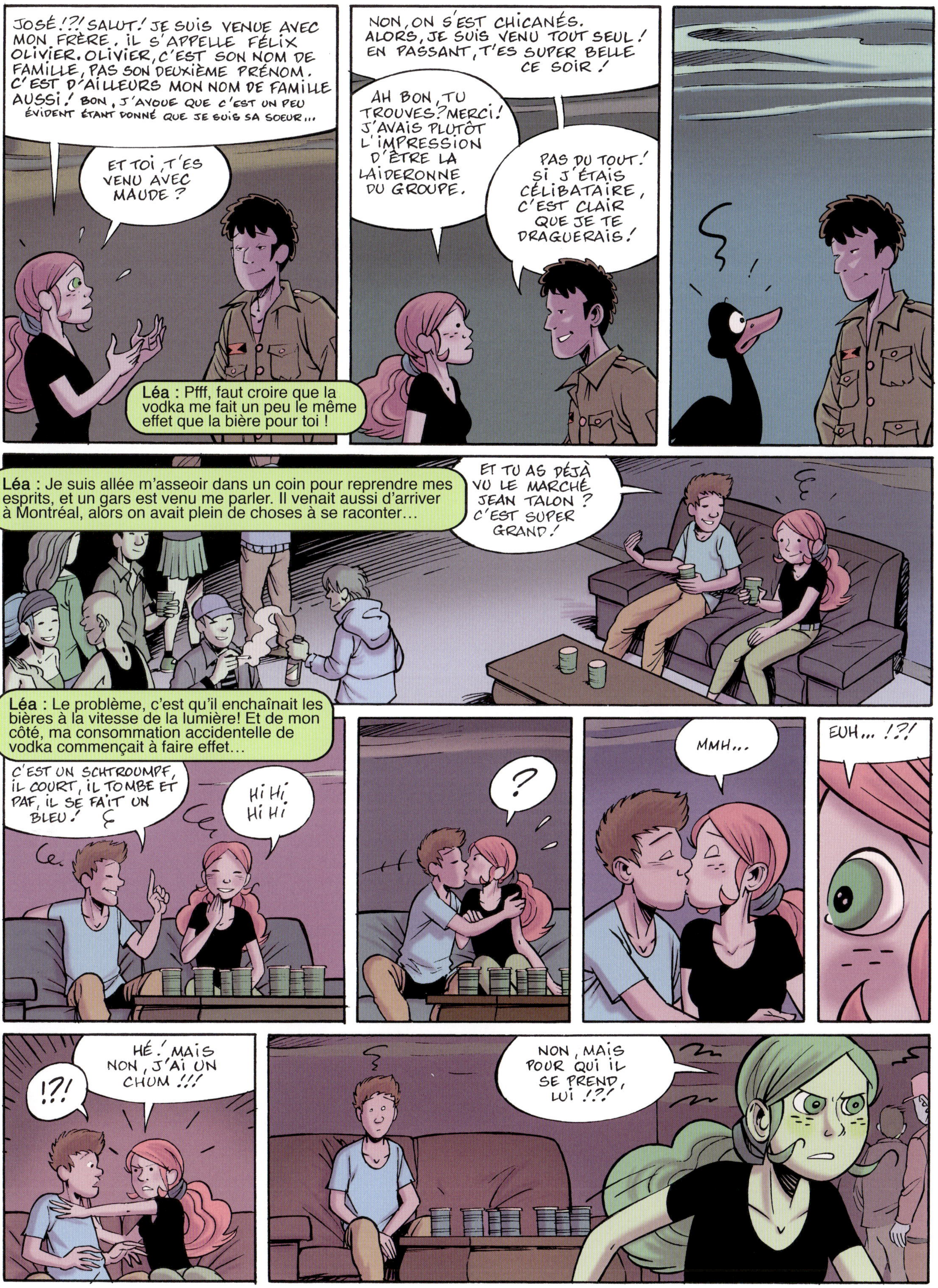
JOSÉ !?! SALUT ! JE SUIS VENUE AVEC MON FRÈRE. IL S'APPELLE FÉLIX OLIVIER. OLIVIER, C'EST SON NOM DE FAMILLE, PAS SON DEUXIÈME PRÉNOM. C'EST D'AILLEURS MON NOM DE FAMILLE AUSSI ! BON, J'AVOUE QUE C'EST UN PEU ÉVIDENT ÉTANT DONNÉ QUE JE SUIS SA SOEUR...
ET TOI, T'ES VENU AVEC MAUDE ?
Léa : Pfff, faut croire que la vodka me fait un peu le même effet que la bière pour toi !
NON, ON S'EST CHICANÉS. ALORS, JE SUIS VENU TOUT SEUL ! EN PASSANT, T'ES SUPER BELLE CE SOIR !
AH BON, TU TROUVES ? MERCI ! J'AVAIS PLUTÔT L'IMPRESSION D'ÊTRE LA LAIDERONNE DU GROUPE.
PAS DU TOUT ! SI J'ÉTAIS CÉLIBATAIRE, C'EST CLAIR QUE JE TE DRAGUERAIS !
Léa : Je suis allée m'asseoir dans un coin pour reprendre mes esprits, et un gars est venu me parler. Il venait aussi d'arriver à Montréal, alors on avait plein de choses à se raconter…
ET TU AS DÉJÀ VU LE MARCHÉ JEAN TALON ? C'EST SUPER GRAND !
Léa : Le problème, c'est qu'il enchaînait les bières à la vitesse de la lumière! Et de mon côté, ma consommation accidentelle de vodka commençait à faire effet…
C'EST UN SCHTROUMPF, IL COURT, IL TOMBE ET PAF, IL SE FAIT UN BLEU !
HI HI HI HI
?
MMH...
EUH... !?!
!?!
HÉ ! MAIS NON, J'AI UN CHUM !!!
NON, MAIS POUR QUI IL SE PREND, LUI !?!

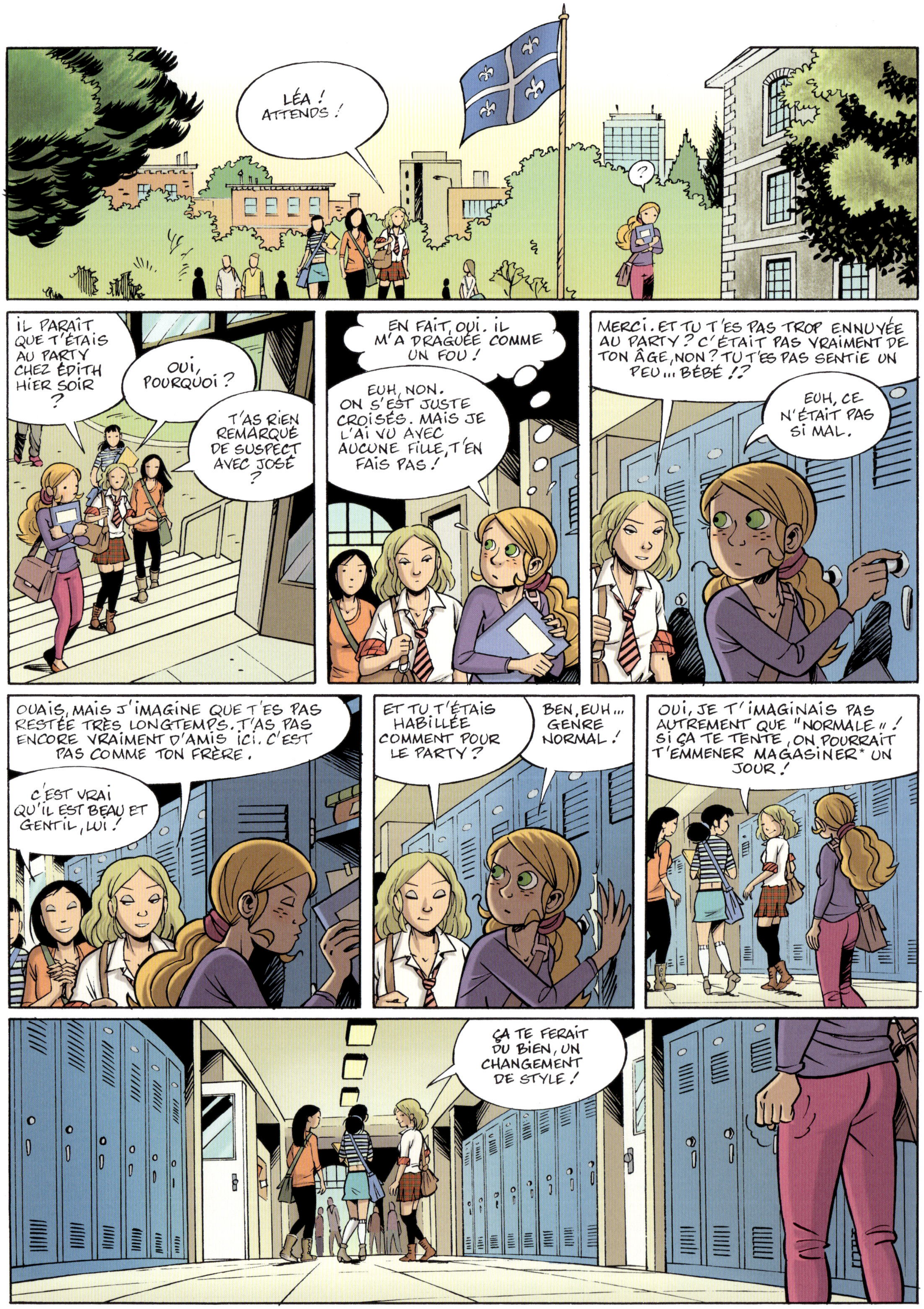

* MAGASINER : FAIRE LES MAGASINS, FAIRE DU SHOPPING.

SALUT MARILOU, JE TE DÉRANGE PAS ?
NON, NE T'EN FAIS PAS ! C'EST JUSTE QUE MES PARENTS SONT ALLÉS AU RESTO ET QUE JE DOIS ME FAIRE À MANGER !
TU SAIS CUISINER, TOI ?
BEN, J'ESSAIE DE ME FAIRE DU PAIN PERDU. ALORS, COMMENT VAS-TU ?
PAS SUPER, THOMAS NE M'APPELLE JAMAIS. C'EST TOUJOURS MOI QUI DOIS FAIRE LE PREMIER PAS. ET J'AI SURTOUT L'IMPRESSION QUE JE LE DÉRANGE... IL NE PARLE PAS BEAUCOUP.
IL A TOUJOURS ÉTÉ UN GARS DE PEU DE MOTS.
OUI, MAIS AVANT AU MOINS, ON SE VOYAIT. ET JE POUVAIS ME BLOTTIR DANS SES BRAS. IL N'AVAIT JAMAIS BESOIN DE PARLER. MAINTENANT, J'AI BESOIN QU'IL ME PARLE ET IL NE LE FAIT PAS...
EN PLUS, JE ME SENS UN PEU COUPABLE POUR L'AUTRE SOIR ! J'AI FAIT UNE CRISE À THOMAS PARCE QU'IL A EMBRASSÉ UNE FILLE DANS LE CADRE D'UN JEU ALORS QUE MOI, JE ME SUIS LAISSÉE EMBRASSER DANS UN PARTY PAR UN GARS QUE JE N'AVAIS JAMAIS VU DE MA VIE !
LÉA, ARRÊTE... JE NE TE RECONNAIS PLUS ! TU TE RENDS COMPTE DE L'EFFET QUE THOMAS A SUR TOI. TU N'ARRÊTES PAS DE TE REMETTRE EN QUESTION ! TU MÉRITES VRAIMENT MIEUX QUE LUI !
C'EST JUSTE TELLEMENT DIFFICILE DE M'AVOUER QUE THOMAS NE M'AIME PEUT-ÊTRE PAS AUTANT QUE MOI JE L'AIME ET QU'IL N'EST PEUT-ÊTRE PAS FAIT POUR MOI. JE ME RATTACHE À LUI COMME À UNE BOUÉE DE SAUVETAGE...
IL REPRÉSENTE MON PASSÉ. C'EST UN PEU COMME MA RACINE ET JE NE SAIS PAS SI JE SUIS ASSEZ FORTE POUR COUPER CE LIEN ET VOLER DE MES PROPRES AILES...
SJPAFF
C'ÉTAIT QUOI, CE BRUIT ?
EUH... JE VAIS ME COMMANDER UNE PIZZA FINALEMENT !

Léa : Et toi, avec Cédric, tu en es où ?
Marilou : Je l'ai justement revu à la piscine samedi !
MARILOU !?
!?!
APPAREMMENT, IL Y A UN PROBLÈME AVEC TON ADRESSE E-MAIL ! C'EST POUR ÇA QUE T'AS PAS REÇU MES MESSAGES !?!
EUH, NON, C'EST PAS ÇA...
EN FAIT, MON EX EST VENUE ME VOIR ET M'A DEMANDÉ DE REPRENDRE AVEC ELLE. ET EUH, C'EST ÇA... ON S'EST REMIS ENSEMBLE. JE NE VOULAIS PAS LA TRAHIR ET C'EST POUR ÇA QUE J'AI PAS RÉPONDU. J'ESPÈRE QUE TU COMPRENDS...
AH... EUH...
ATTENTION!!!
SCHPLAF
EUH, MARILOU, JE TE PRÉSENTE MA BLONDE, LÉONORE !
ENCHANTÉE...
Marilou : Donc, voilà où j'en suis avec Cédric ☹!
Léa : Pauvre Marilou ☹! Courage, je suis certaine que tu trouveras un jour celui qui te rendra aussi heureuse que tu le mérites. ❤❤

A comme dans Adaptation
Quand j'étais en quatrième année, une nouvelle élèv est arrivée dans m classe. Elle s'appe Maryse et elle étai très timide. Elle ne venait pas de notre village et ne connai personne. Je ne con pas pourquoi elle ét toujours seule. J'ai demandé à ma mère, et elle m'a dit : « C' normal, Léa. Maryse vient de s'intégrer à u nouvel environnemen Laisse-lui le temps de s'adapter. »
Léa
e crois que je n'ai jamais compris son attitu
usqu'à cet été, lorsque ma famille et moi avo
uitté le village et la maison de mon enfance
ous installer à Montréal. Personne ne sait à q
oint c'est difficile de changer de milieu à mo
l'avoir vécu. Quand je songe aux gens qui é
un pays à un autre, qui abandonnent leur nati
doivent adopter une nouvelle langue
Léa : Mon article pour le journal de l'école est paru ce matin. J'ai écouté mon cœur et j'ai été super honnête en l'écrivant, mais j'angoissais quand même à l'idée que les autres me jugent.
Léa : Heureusement, les gens ont apparemment bien aimé. Je suis vraiment soulagée ☺!
AH LÉA ! J'AI EU PLEIN DE COMPLIMENTS À PROPOS DE TON ARTICLE ! TU PEUX ÊTRE FIÈRE ! T'ES VRAIMENT DOUÉE POUR L'ÉCRITURE ! J'AIMERAIS BIEN QUE TU EN ÉCRIVES UN AUTRE POUR UN PROCHAIN NUMÉRO.
C'EST GENTIL ! JE VAIS Y PENSER.
AH BON, TU AS ÉCRIS UN ARTICLE ! IL FAUT ABSOLUMENT QUE JE LE LISE ALORS. JE SUIS SÛR QUE ÇA ME PLAIRA !
Léa : Lui, c'est Alex. C'est l'un des meilleurs amis de José ! Il est aussi beau et tombeur que lui, mais il m'a l'air plus honnête !
TIENS, TU PEUX AVOIR MON EXEMPLAIRE. JE COMPTE PAS LE GARDER DE TOUTE FAÇON...
J'AI VITE PARCOURU TON TEXTE... C'ÉTAIT... INTÉRESSANT. EN TOUT CAS, ON SENT BIEN QUE T'ES MAL DANS TA PEAU. IL ME SEMBLE QUE C'EST QUAND MÊME PAS SI DUR DE S'ADAPTER ! MOI, JE ME FAIS TOUJOURS DES AMIS TRÈS RAPIDEMENT, PARTOUT OÙ JE VAIS !
MAIS J'IMAGINE QUE ÇA VARIE D'UNE PERSONNE À L'AUTRE...
!?!
FU

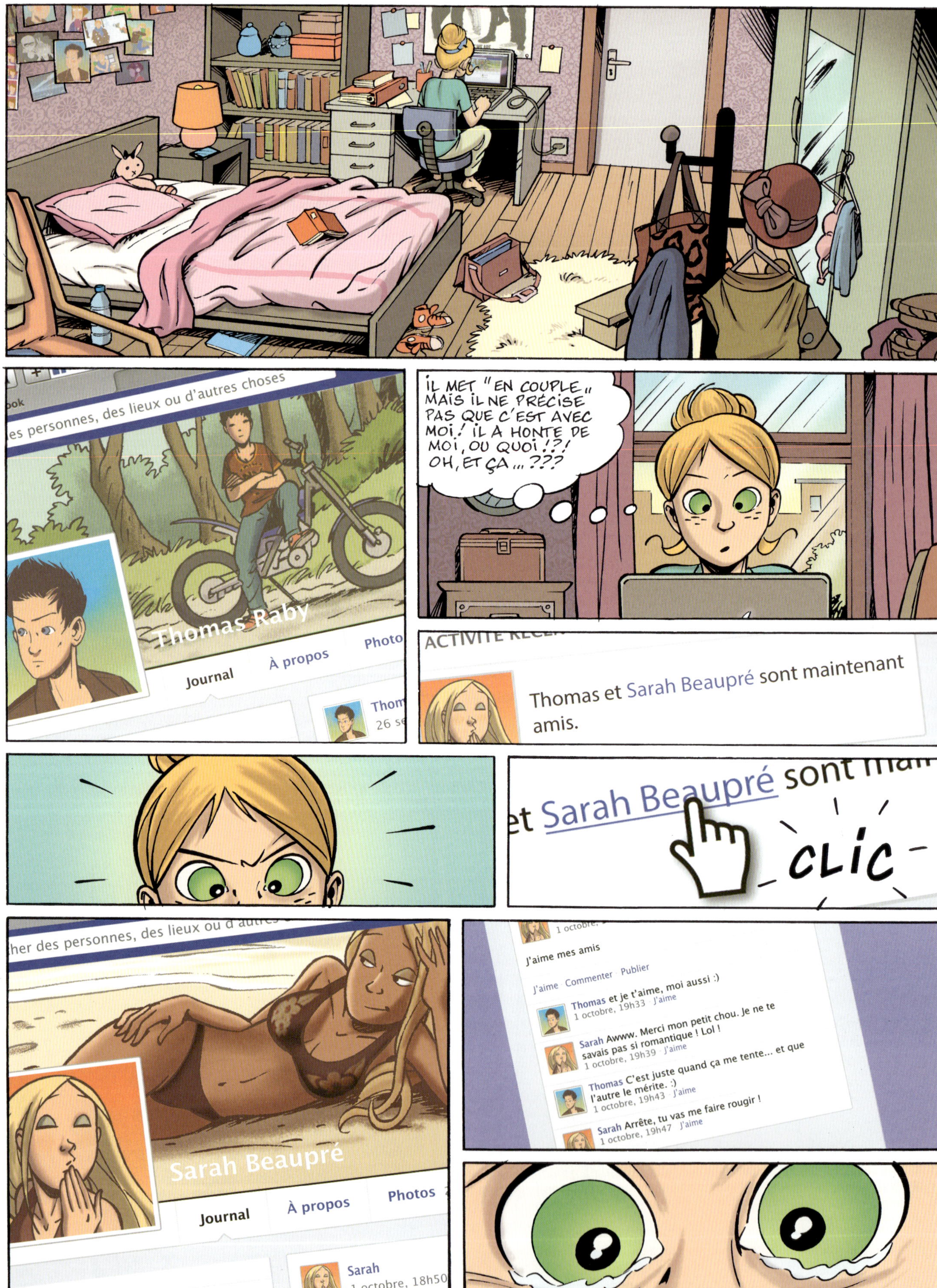
des personnes, des lieux ou d'autres choses
Thomas Raby
Journal
À propos
IL MET "EN COUPLE" MAIS IL NE PRÉCISE PAS QUE C'EST AVEC MOI ! IL A HONTE DE MOI, OU QUOI !?! OH, ET ÇA... ???
Thomas et Sarah Beaupré sont maintenant amis.
Sarah Beaupré
CLIC
des personnes, des lieux ou d'autres
Sarah Beaupré
Journal
À propos
Photos
Sarah
1 octobre, 18h50
J'aime mes amis
J'aime · Commenter · Publier
Thomas et je t'aime, moi aussi :)
1 octobre, 19h33 · J'aime
Sarah Awww. Merci mon petit chou. Je ne te savais pas si romantique ! Lol !
1 octobre, 19h39 · J'aime
Thomas C'est juste quand ça me tente... et que l'autre le mérite. :)
1 octobre, 19h43 · J'aime
Sarah Arrête, tu vas me faire rougir !
1 octobre, 19h47 · J'aime

Léa : Pas très loin de chez moi, il y a un grand parc où les gens font du skate et du roller-blade. J'y passe parfois pour me changer les idées.
Léa : Évidemment, je n'y vais pas pour faire du sport, mais plutôt pour observer les sportifs☺ !
Léa : Comme quoi, il n'y a pas que moi qui me plante !
Léa : Il y en a un qui se débrouillait vraiment bien !
Léa : Je dois avouer que sa silhouette me plaisait bien. Il était assez musclé☺ !
Léa : C'était Alex !!!
Léa : Je dois admettre qu'il est quand même très beau !

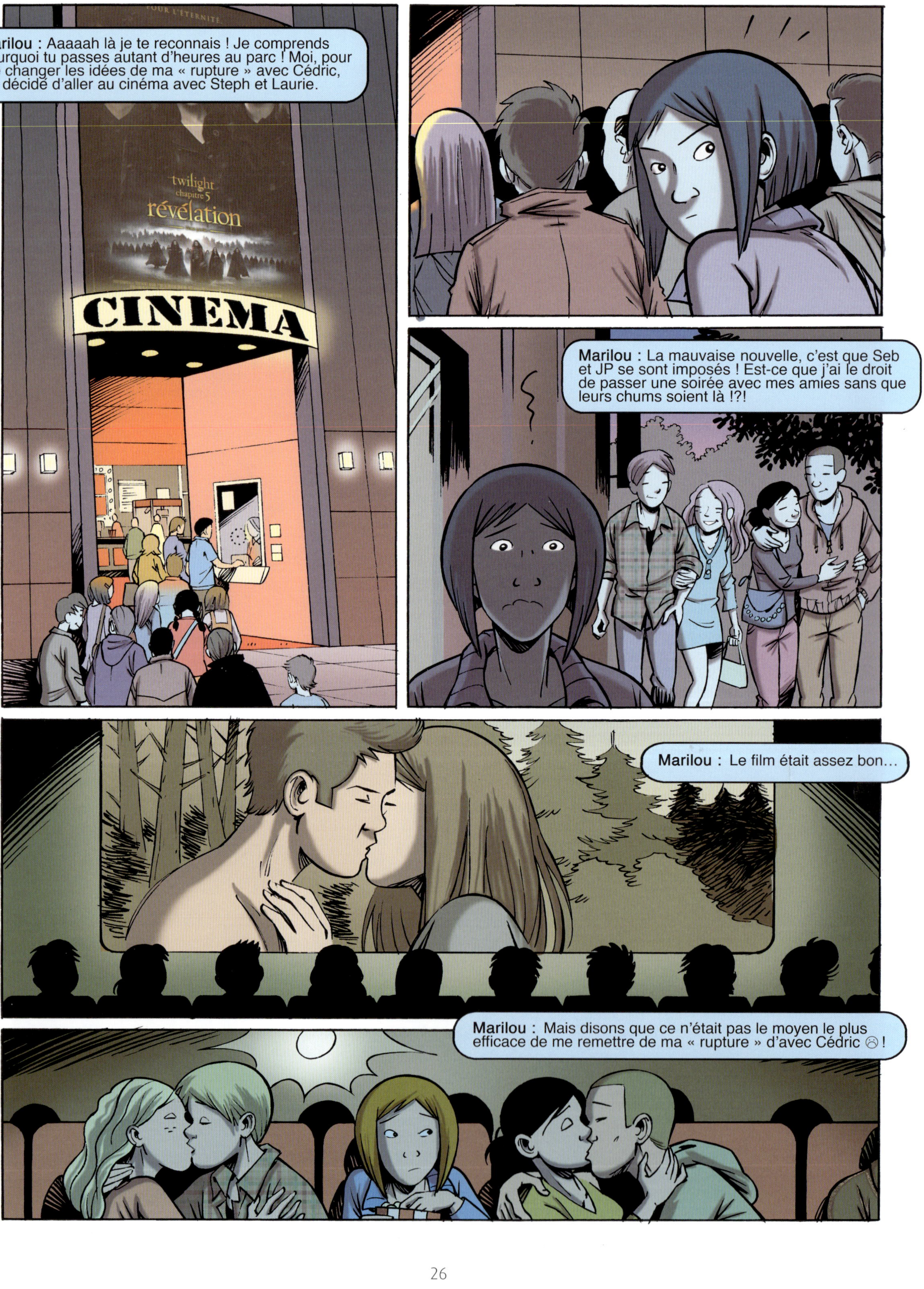
Marilou : Aaaaah là je te reconnais ! Je comprends pourquoi tu passes autant d'heures au parc ! Moi, pour me changer les idées de ma « rupture » avec Cédric, j'ai décidé d'aller au cinéma avec Steph et Laurie.
twilight
chapitre 5
révélation
CINEMA
Marilou : La mauvaise nouvelle, c'est que Seb et JP se sont imposés ! Est-ce que j'ai le droit de passer une soirée avec mes amies sans que leurs chums soient là !?!
Marilou : Le film était assez bon…
Marilou : Mais disons que ce n'était pas le moyen le plus efficace de me remettre de ma « rupture » d'avec Cédric ☹ !

LÉA, ATTENDS !
QUOI, TU VEUX RENTRER AVEC MOI !?! JE CROYAIS QUE T'AVAIS HONTE DE T'AFFICHER À CÔTÉ DE MOI !
TELLEMENT PAS ! N'IMPORTE QUOI !
OH, T'ES BIEN GENTIL ! ÇA ME FAIT CHAUD AU COEUR !
OK, ARRÊTE ! FAUT PAS EXAGÉRER, QUAND MÊME ! HUM... EN FAIT, J'AVAIS UN TRUC À TE DEMANDER...
IL ME SEMBLAIT, AUSSI... C'EST QUOI, L'HISTOIRE !?!
LA FILLE, LÀ-BAS, À CÔTÉ DE MAUDE, TU LA CONNAIS ?
ELLE ? OUI, C'EST KATHERINE. POURQUOI ?
T'AURAIS PAS SON ADRESSE E-MAIL OU SON NUMÉRO DE TÉLÉPHONE ?!
PITIÉ, NON ! NE ME DIS PAS QUE TU VEUX SORTIR AVEC UNE FILLE DE MON NIVEAU !?!
BEN QUOI !?! C'EST QUOI LE PROBLÈME ?
LE PROBLÈME, C'EST QUE J'AI DÉJÀ ASSEZ DE MISÈRE À M'INTÉGRER COMME ÇA, SANS QUE MON GRAND FRÈRE VIENNE BRISER LE COEUR D'UNE DES FILLES LES PLUS POPULAIRES DE MA CLASSE ! DE TOUTE FAÇON, ELLE EST TROP JEUNE POUR TOI !
ELLE EST PAS SI JEUNE QUE ÇA !
ELLE A MON ÂGE, ET T'ARRÊTES PAS DE ME TRAITER DE BÉBÉ !!!
OUI, MAIS JE SUIS SÛR QU'ELLE EST PLUS MATURE QUE TOI !

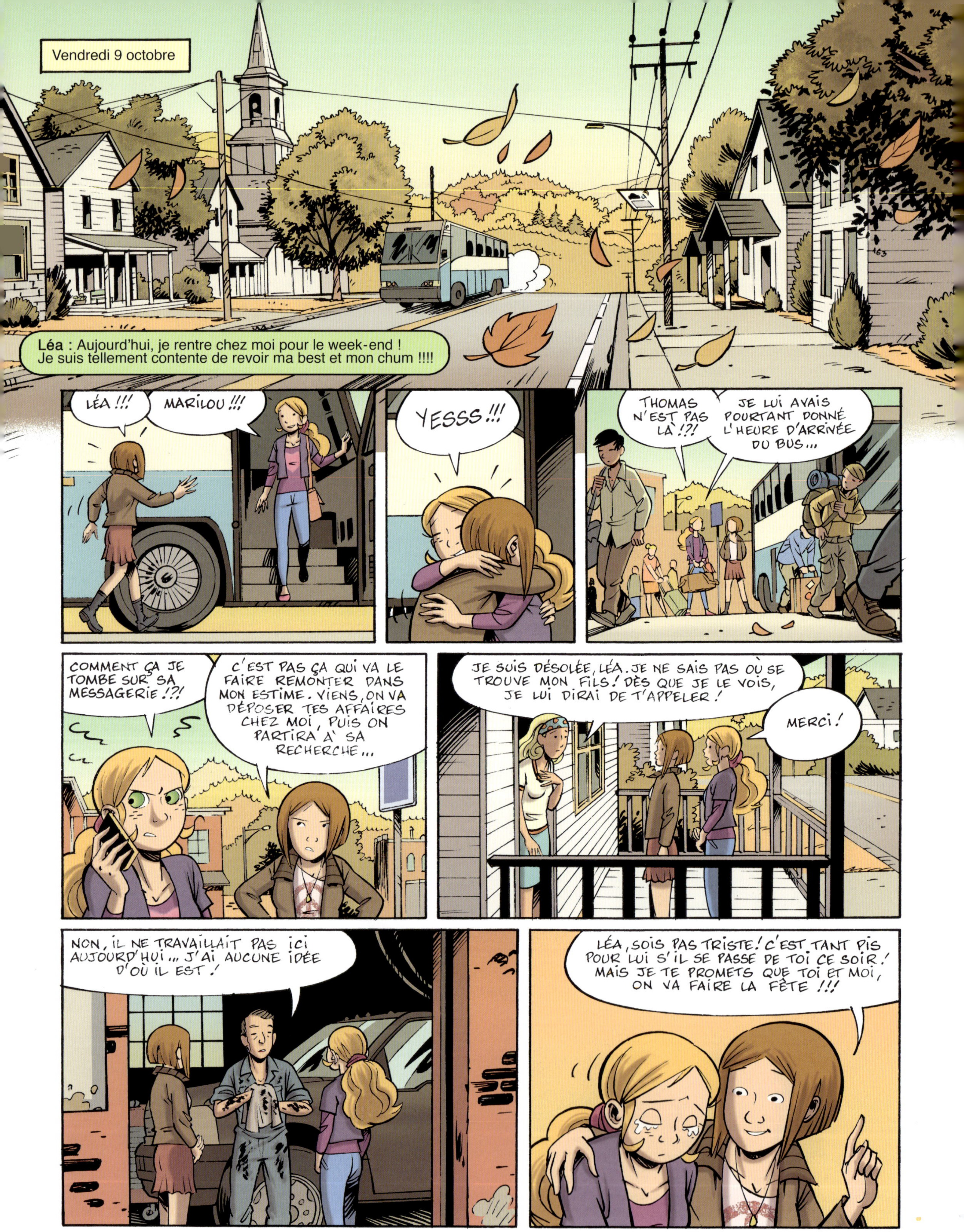
Vendredi 9 octobre
Léa : Aujourd'hui, je rentre chez moi pour le week-end !
Je suis tellement contente de revoir ma best et mon chum !!!!
LÉA !!!
MARILOU !!!
YESSS !!!
THOMAS N'EST PAS LÀ !?!
JE LUI AVAIS POURTANT DONNÉ L'HEURE D'ARRIVÉE DU BUS...
COMMENT ÇA JE TOMBE SUR SA MESSAGERIE !?!
C'EST PAS ÇA QUI VA LE FAIRE REMONTER DANS MON ESTIME. VIENS, ON VA DÉPOSER TES AFFAIRES CHEZ MOI, PUIS ON PARTIRA À SA RECHERCHE...
JE SUIS DÉSOLÉE, LÉA. JE NE SAIS PAS OÙ SE TROUVE MON FILS ! DÈS QUE JE LE VOIS, JE LUI DIRAI DE T'APPELER !
MERCI !
NON, IL NE TRAVAILLAIT PAS ICI AUJOURD'HUI... J'AI AUCUNE IDÉE D'OÙ IL EST !
LÉA, SOIS PAS TRISTE ! C'EST TANT PIS POUR LUI S'IL SE PASSE DE TOI CE SOIR ! MAIS JE TE PROMETS QUE TOI ET MOI, ON VA FAIRE LA FÊTE !!!

WOW !!! IL EST TROP COOL !!! MERCI !
JUSTIIIN !!
Léa : Il y a rien de mieux que de passer une soirée en compagnie de ma best !
JE N'EN REVIENS PAS ! IL NE T'A MÊME PAS RAPPELÉE ! PROMETS-MOI QUE DEMAIN, TU VAS L'ENGUEULER ET QUE TU NE VAS PAS TE JETER DANS SES BRAS DÈS QUE TU LE REVERRAS !!!
PROMIS...

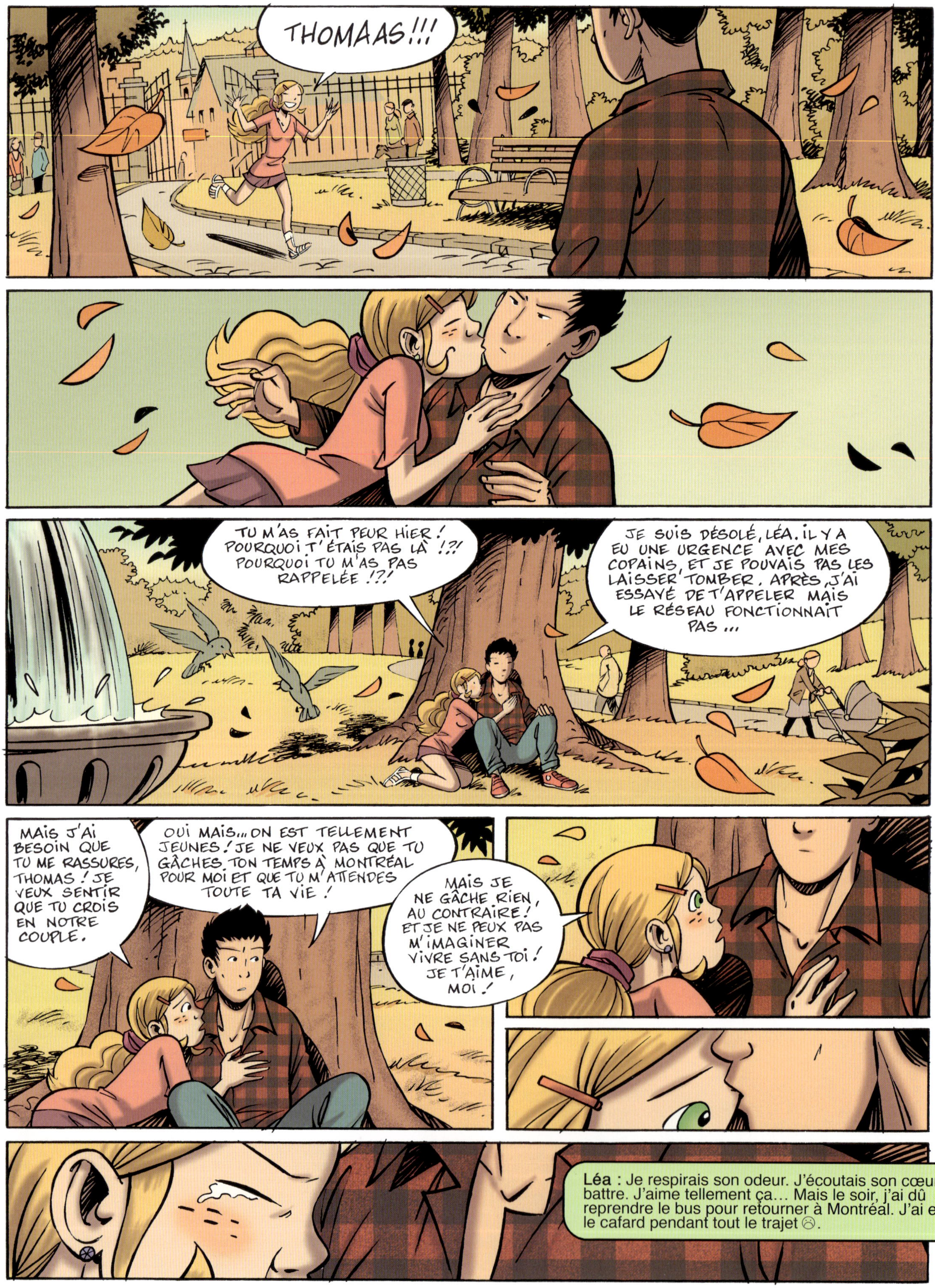
THOMAAS !!!
TU M'AS FAIT PEUR HIER ! POURQUOI T'ÉTAIS PAS LÀ !?! POURQUOI TU M'AS PAS RAPPELÉE !?!
JE SUIS DÉSOLÉ, LÉA. IL Y A EU UNE URGENCE AVEC MES COPAINS, ET JE POUVAIS PAS LES LAISSER TOMBER. APRÈS, J'AI ESSAYÉ DE T'APPELER MAIS LE RÉSEAU FONCTIONNAIT PAS ...
MAIS J'AI BESOIN QUE TU ME RASSURES, THOMAS ! JE VEUX SENTIR QUE TU CROIS EN NOTRE COUPLE.
OUI MAIS... ON EST TELLEMENT JEUNES ! JE NE VEUX PAS QUE TU GÂCHES TON TEMPS À MONTRÉAL POUR MOI ET QUE TU M'ATTENDES TOUTE TA VIE !
MAIS JE NE GÂCHE RIEN, AU CONTRAIRE ! ET JE NE PEUX PAS M'IMAGINER VIVRE SANS TOI ! JE T'AIME, MOI !
Léa : Je respirais son odeur. J'écoutais son cœur battre. J'aime tellement ça… Mais le soir, j'ai dû reprendre le bus pour retourner à Montréal. J'ai eu le cafard pendant tout le trajet ☹.

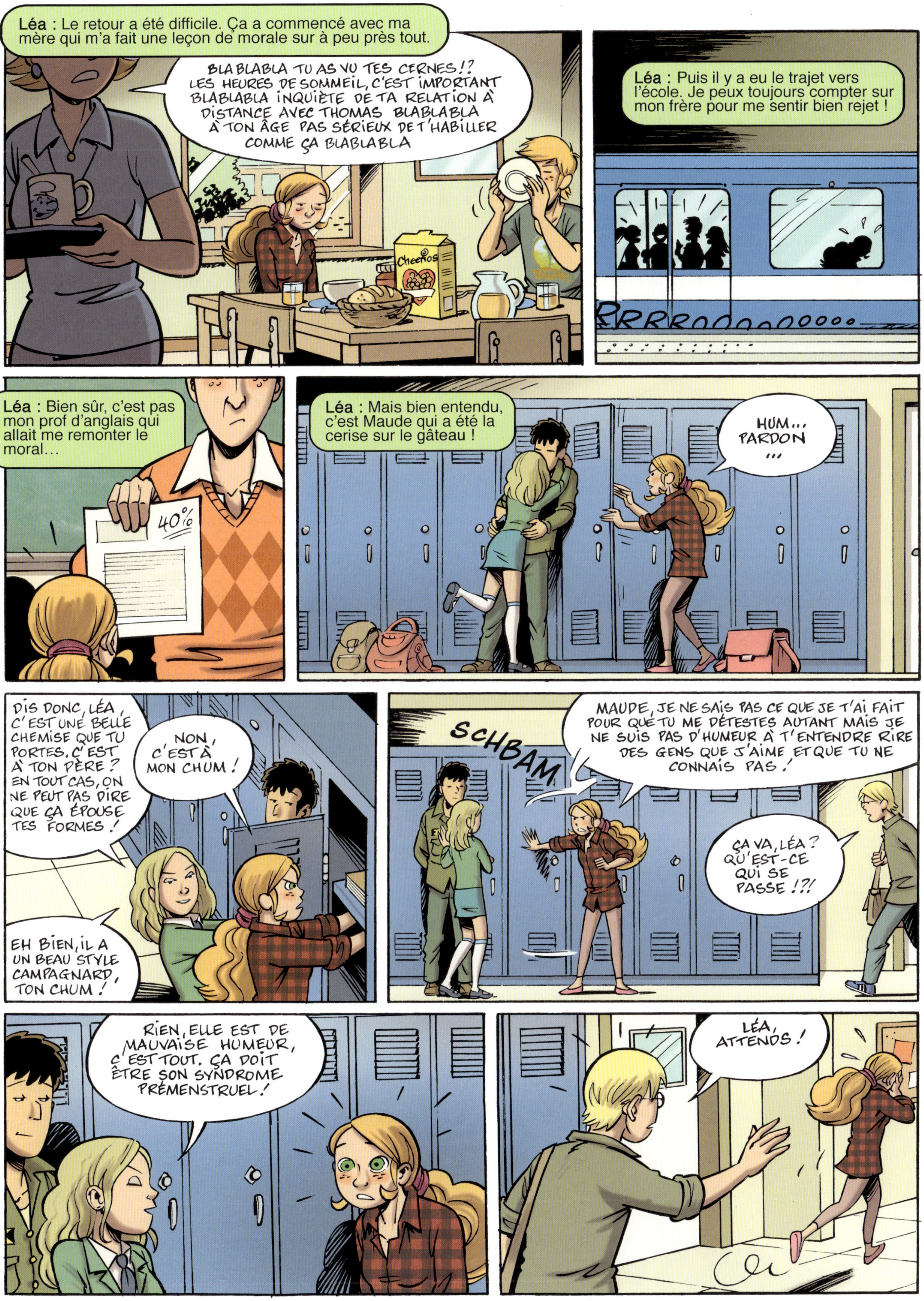
Léa : Le retour a été difficile. Ça a commencé avec ma mère qui m'a fait une leçon de morale sur à peu près tout.
BLABLABLA TU AS VU TES CERNES !? LES HEURES DE SOMMEIL, C'EST IMPORTANT BLABLABLA INQUIÈTE DE TA RELATION À DISTANCE AVEC THOMAS BLABLABLA À TON ÂGE PAS SÉRIEUX DE T'HABILLER COMME ÇA BLABLABLA
Léa : Puis il y a eu le trajet vers l'école. Je peux toujours compter sur mon frère pour me sentir bien rejet !
RRRROOOOOOOOOO...
Léa : Bien sûr, c'est pas mon prof d'anglais qui allait me remonter le moral…
40%
Léa : Mais bien entendu, c'est Maude qui a été la cerise sur le gâteau !
HUM... PARDON ...
DIS DONC, LÉA, C'EST UNE BELLE CHEMISE QUE TU PORTES. C'EST À TON PÈRE ? EN TOUT CAS, ON NE PEUT PAS DIRE QUE ÇA ÉPOUSE TES FORMES !
NON, C'EST À MON CHUM !
EH BIEN, IL A UN BEAU STYLE CAMPAGNARD, TON CHUM !
SCHBAM
MAUDE, JE NE SAIS PAS CE QUE JE T'AI FAIT POUR QUE TU ME DÉTESTES AUTANT MAIS JE NE SUIS PAS D'HUMEUR À T'ENTENDRE RIRE DES GENS QUE J'AIME ET QUE TU NE CONNAIS PAS !
ÇA VA, LÉA ? QU'EST-CE QUI SE PASSE !?!
RIEN, ELLE EST DE MAUVAISE HUMEUR, C'EST TOUT. ÇA DOIT ÊTRE SON SYNDROME PRÉMENSTRUEL !
LÉA, ATTENDS !

QU'EST-CE QUI SE PASSE, LÉA ? TU N'AS PAS L'AIR BIEN...
NON, ÇA NE VA PAS ! JE SUIS NULLE EN ANGLAIS. JE N'AI PAS D'AMIS, JE M'ENNUIE DE CHEZ MOI, ET...
ET QUOI ?
ÇA NE VA PAS DU TOUT AVEC MON CHUM. J'AI PEUR QU'IL VEUILLE CASSER AVEC MOI ET JE NE SAIS PAS QUOI FAIRE.
TU L'AIMES ENCORE ?
SORTI
OUI MAIS IL HABITE TELLEMENT LOIN. PERSONNE NE COMPREND POURQUOI JE RESTE AVEC LUI. JE NE SAIS PLUS QUOI PENSER...
OUBLIE LES AUTRES ! L'IMPORTANT, C'EST QUE TU SOIS HEUREUSE ! SI TU L'AIMES ET QUE TU NE VEUX PAS CASSER, JE PENSE QUE TU DEVRAIS SIMPLEMENT LUI DIRE.
Léa : On est restés comme ça un bon moment. Je me sentais un peu honteuse de couvrir sa chemise de larmes et de morve, mais ça n'avait pas l'air de le déranger.
EN TOUT CAS, TU NE PEUX PAS DIRE QUE TU N'AS PAS D'AMIS. JE SUIS LÀ, MOI !
ON VOUS DÉRANGE ?
ALLEZ, OUSTE ! ON A BESOIN DU TERRAIN !
RTIE
Léa : Je me demande ce qui se serait passé s'ils n'étaient pas arrivés...

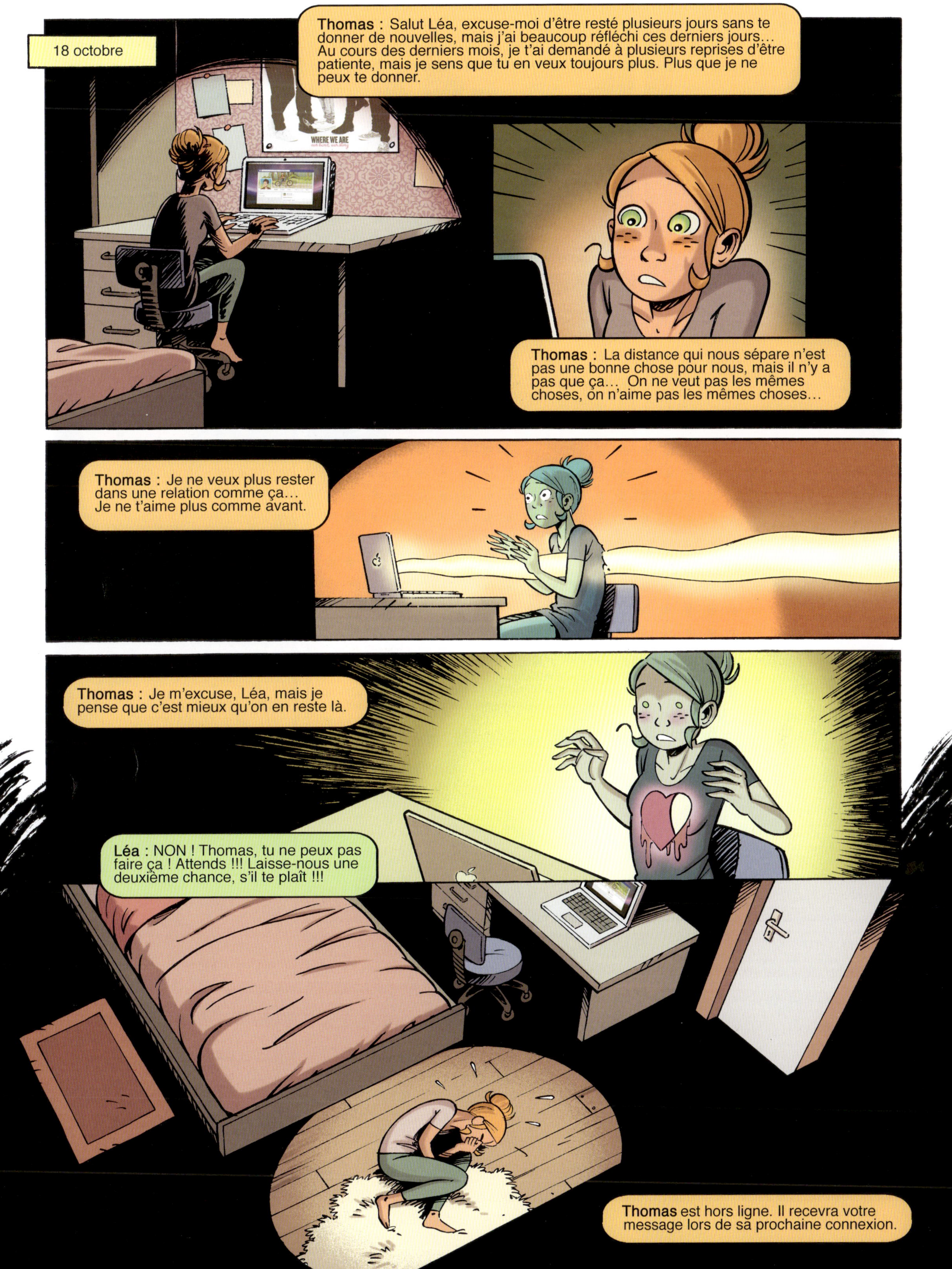
18 octobre
Thomas : Salut Léa, excuse-moi d'être resté plusieurs jours sans te donner de nouvelles, mais j'ai beaucoup réfléchi ces derniers jours… Au cours des derniers mois, je t'ai demandé à plusieurs reprises d'être patiente, mais je sens que tu en veux toujours plus. Plus que je ne peux te donner.
WHERE WE ARE
Thomas : La distance qui nous sépare n'est pas une bonne chose pour nous, mais il n'y a pas que ça… On ne veut pas les mêmes choses, on n'aime pas les mêmes choses…
Thomas : Je ne veux plus rester dans une relation comme ça… Je ne t'aime plus comme avant.
Thomas : Je m'excuse, Léa, mais je pense que c'est mieux qu'on en reste là.
Léa : NON ! Thomas, tu ne peux pas faire ça ! Attends !!! Laisse-nous une deuxième chance, s'il te plaît !!!
Thomas est hors ligne. Il recevra votre message lors de sa prochaine connexion.

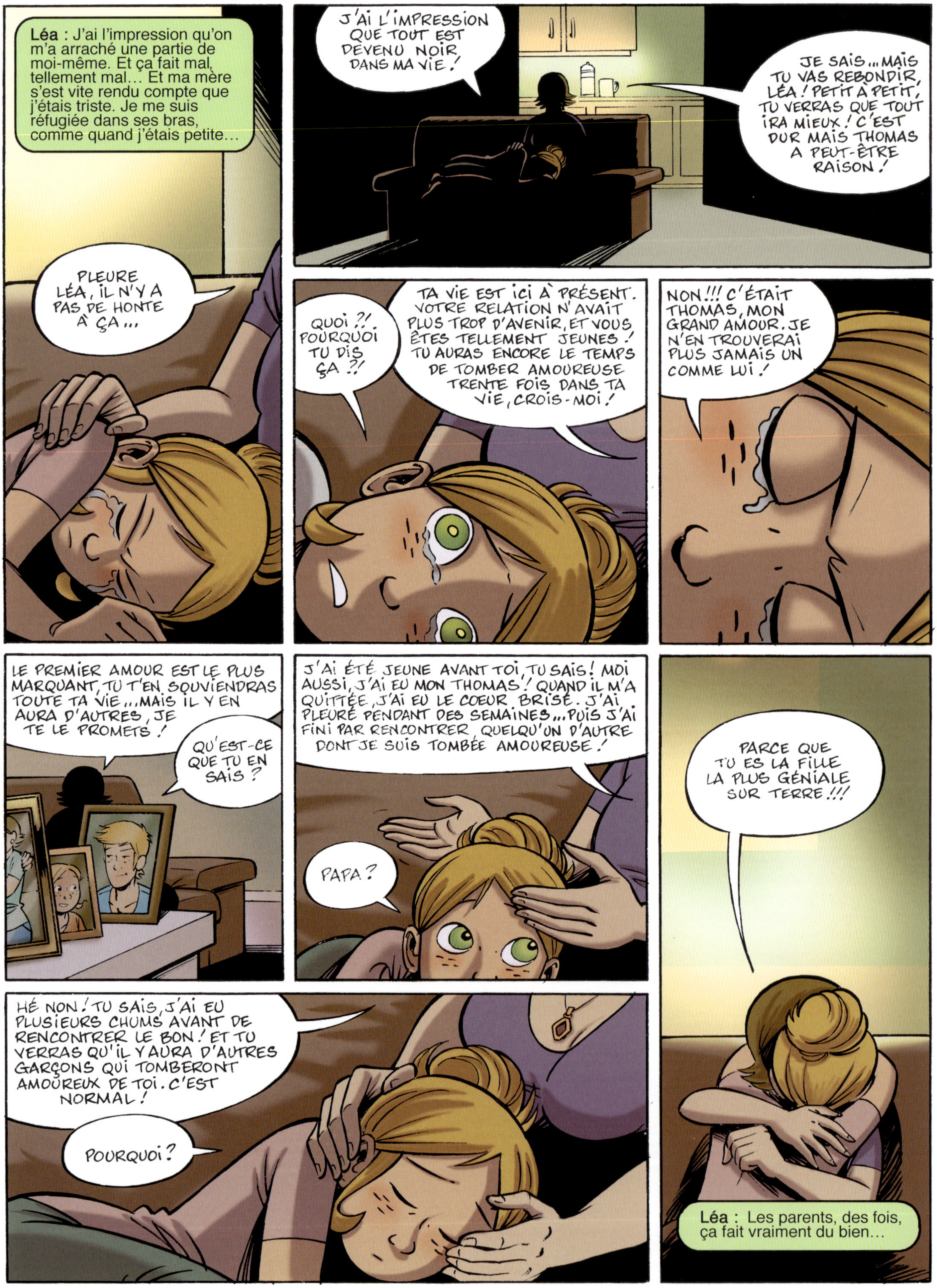
Léa : J'ai l'impression qu'on m'a arraché une partie de moi-même. Et ça fait mal, tellement mal… Et ma mère s'est vite rendu compte que j'étais triste. Je me suis réfugiée dans ses bras, comme quand j'étais petite…
J'AI L'IMPRESSION QUE TOUT EST DEVENU NOIR DANS MA VIE !
JE SAIS… MAIS TU VAS REBONDIR, LÉA ! PETIT À PETIT, TU VERRAS QUE TOUT IRA MIEUX ! C'EST DUR MAIS THOMAS A PEUT-ÊTRE RAISON !
PLEURE LÉA, IL N'Y A PAS DE HONTE À ÇA…
QUOI ?! POURQUOI TU DIS ÇA ?!
TA VIE EST ICI À PRÉSENT. VOTRE RELATION N'AVAIT PLUS TROP D'AVENIR, ET VOUS ÊTES TELLEMENT JEUNES ! TU AURAS ENCORE LE TEMPS DE TOMBER AMOUREUSE TRENTE FOIS DANS TA VIE, CROIS-MOI !
NON !!! C'ÉTAIT THOMAS, MON GRAND AMOUR. JE N'EN TROUVERAI PLUS JAMAIS UN COMME LUI !
LE PREMIER AMOUR EST LE PLUS MARQUANT, TU T'EN SOUVIENDRAS TOUTE TA VIE… MAIS IL Y EN AURA D'AUTRES, JE TE LE PROMETS !
QU'EST-CE QUE TU EN SAIS ?
J'AI ÉTÉ JEUNE AVANT TOI, TU SAIS ! MOI AUSSI, J'AI EU MON THOMAS ! QUAND IL M'A QUITTÉE, J'AI EU LE COEUR BRISÉ. J'AI PLEURÉ PENDANT DES SEMAINES… PUIS J'AI FINI PAR RENCONTRER QUELQU'UN D'AUTRE DONT JE SUIS TOMBÉE AMOUREUSE !
PAPA ?
HÉ NON ! TU SAIS, J'AI EU PLUSIEURS CHUMS AVANT DE RENCONTRER LE BON ! ET TU VERRAS QU'IL Y AURA D'AUTRES GARÇONS QUI TOMBERONT AMOUREUX DE TOI. C'EST NORMAL !
POURQUOI ?
PARCE QUE TU ES LA FILLE LA PLUS GÉNIALE SUR TERRE !!!
Léa : Les parents, des fois, ça fait vraiment du bien…

Léa : Quand on s'est connus, j'avais la tête dans les nuages. Je croyais que tout était possible, et qu'ensemble nous pouvions aller jusqu'au bout du monde !
Léa : Je me fichais des malheurs du quotidien, des tremblements de terre et de la fin du monde, parce que je me sentais en sécurité avec lui, et que je savais que je pouvais me réfugier dans ses yeux.
Léa : Quand il m'a dit que c'était terminé, mon cœur a cessé de battre et j'ai senti un coup dans ma poitrine. Il venait de m'enlever mon bonheur et de m'arracher mon soleil et ma joie de vivre.
Léa : On dit que l'amour est le plus grand don de l'univers et aujourd'hui je dois apprendre à composer sans lui.
Léa : Je sais que le temps arrange les choses, mais j'aimerais qu'il y ait un moyen de le faire avancer plus vite…
BEURK ! POURQUOI TU FAIS CETTE TÊTE-LÀ ? PENSAIS-TU QUE C'ÉTAIT DÉJÀ HALLOWEEN ?
Léa : Je sais que le premier amour est le plus foudroyant, mais personne ne m'avait mise en garde contre le premier échec amoureux !
Léa : Il est si vif et ardent que je sais qu'il laissera des traces jusqu'à la fin de mes jours…

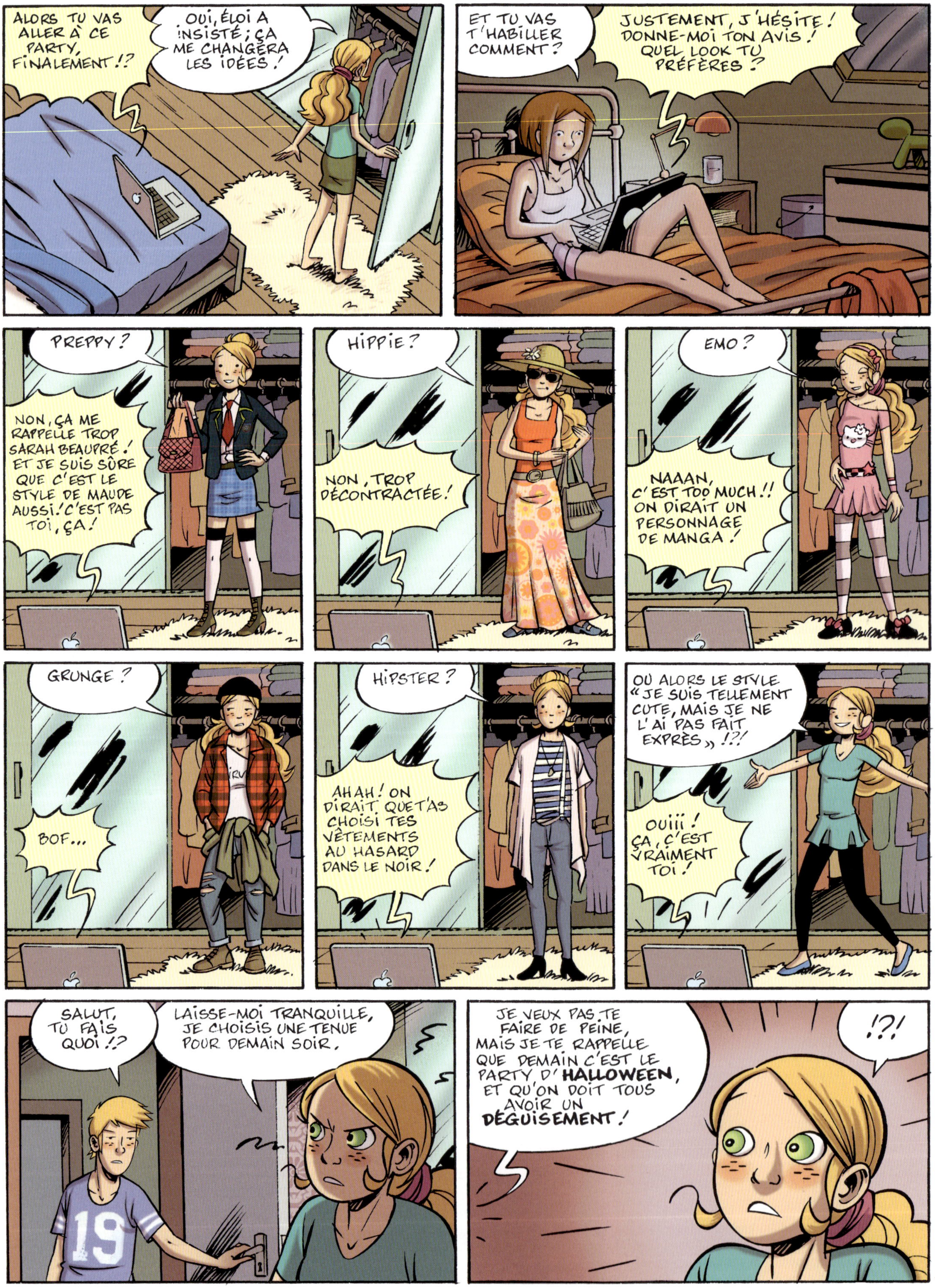
ALORS TU VAS ALLER À CE PARTY, FINALEMENT !?
OUI, ÉLOI A INSISTÉ ; ÇA ME CHANGERA LES IDÉES !
ET TU VAS T'HABILLER COMMENT ?
JUSTEMENT, J'HÉSITE ! DONNE-MOI TON AVIS ! QUEL LOOK TU PRÉFÈRES ?
PREPPY ?
NON, ÇA ME RAPPELLE TROP SARAH BEAUPRÉ ! ET JE SUIS SÛRE QUE C'EST LE STYLE DE MAUDE AUSSI ! C'EST PAS TOI, ÇA !
HIPPIE ?
NON, TROP DÉCONTRACTÉE !
EMO ?
NAAAN, C'EST TOO MUCH !! ON DIRAIT UN PERSONNAGE DE MANGA !
GRUNGE ?
BOF...
HIPSTER ?
AHAH ! ON DIRAIT QUE T'AS CHOISI TES VÊTEMENTS AU HASARD DANS LE NOIR !
OU ALORS LE STYLE « JE SUIS TELLEMENT CUTE, MAIS JE NE L'AI PAS FAIT EXPRÈS » !?!
OUIII ! ÇA, C'EST VRAIMENT TOI !
SALUT, TU FAIS QUOI !?
LAISSE-MOI TRANQUILLE, JE CHOISIS UNE TENUE POUR DEMAIN SOIR.
JE VEUX PAS TE FAIRE DE PEINE, MAIS JE TE RAPPELLE QUE DEMAIN C'EST LE PARTY D'HALLOWEEN, ET QU'ON DOIT TOUS AVOIR UN DÉGUISEMENT !
!?!

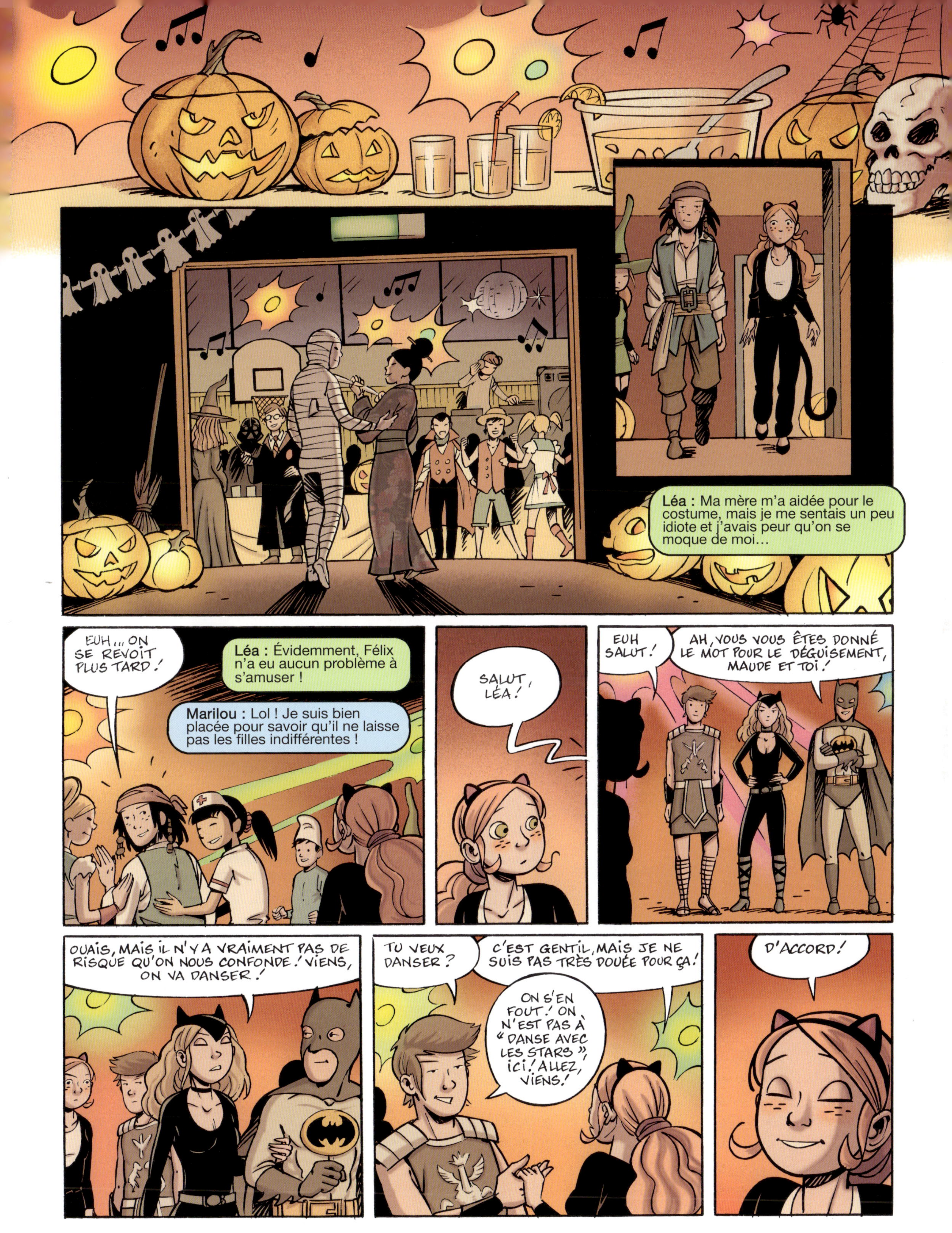
Léa : Ma mère m'a aidée pour le costume, mais je me sentais un peu idiote et j'avais peur qu'on se moque de moi…
EUH… ON SE REVOIT PLUS TARD !
Léa : Évidemment, Félix n'a eu aucun problème à s'amuser !
Marilou : Lol ! Je suis bien placée pour savoir qu'il ne laisse pas les filles indifférentes !
SALUT, LÉA !
EUH SALUT !
AH, VOUS VOUS ÊTES DONNÉ LE MOT POUR LE DÉGUISEMENT, MAUDE ET TOI !
OUAIS, MAIS IL N'Y A VRAIMENT PAS DE RISQUE QU'ON NOUS CONFONDE ! VIENS, ON VA DANSER !
TU VEUX DANSER ?
C'EST GENTIL, MAIS JE NE SUIS PAS TRÈS DOUÉE POUR ÇA !
ON S'EN FOUT ! ON N'EST PAS À « DANSE AVEC LES STARS », ICI ! ALLEZ, VIENS !
D'ACCORD !

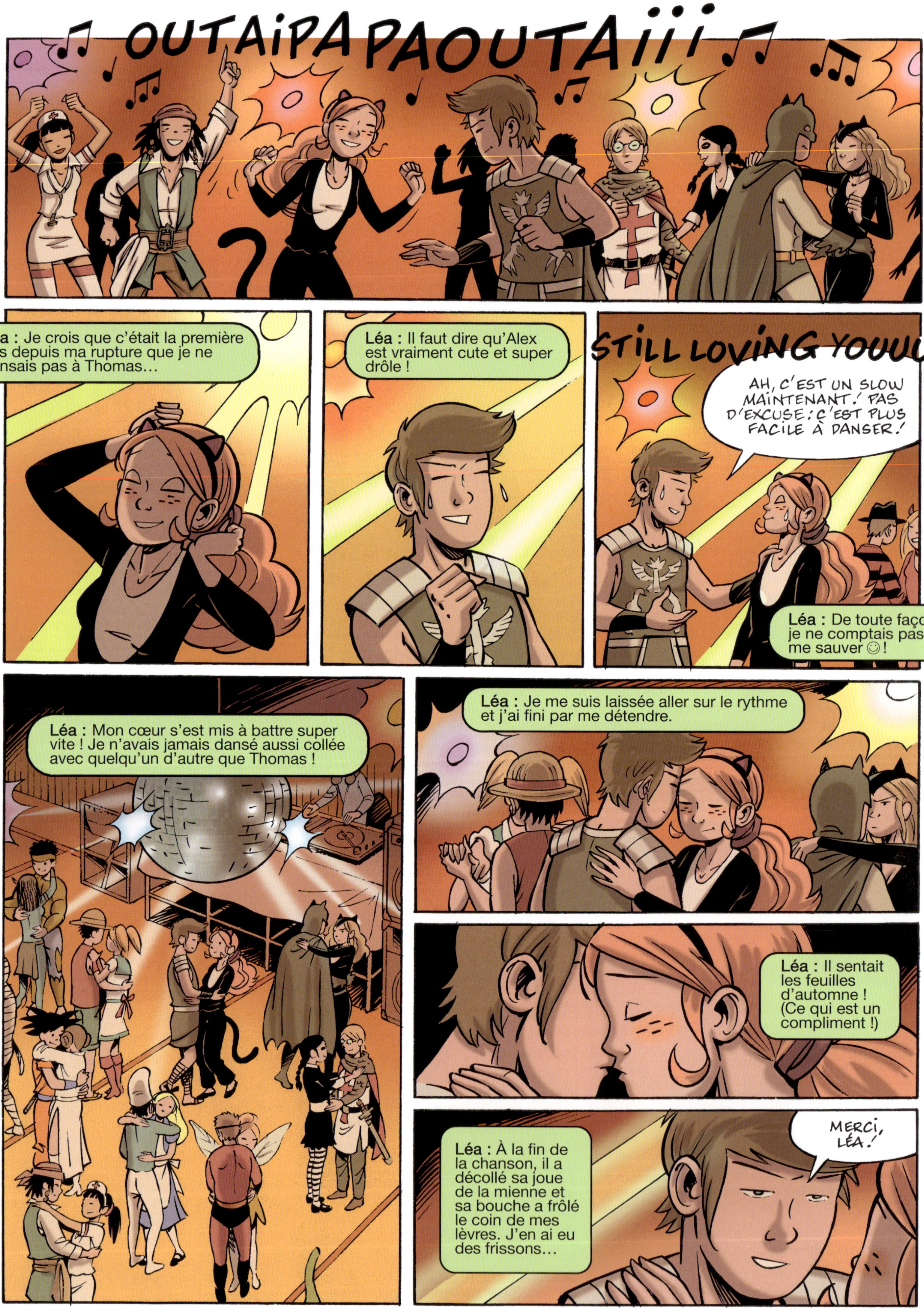
OUTAIPAPAOUTAiii
Léa : Je crois que c'était la première fois depuis ma rupture que je ne pensais pas à Thomas…
Léa : Il faut dire qu'Alex est vraiment cute et super drôle !
STILL LOVING YOUUU
AH, C'EST UN SLOW MAINTENANT ! PAS D'EXCUSE : C'EST PLUS FACILE À DANSER !
Léa : De toute façon, je ne comptais pas me sauver ☺ !
Léa : Mon cœur s'est mis à battre super vite ! Je n'avais jamais dansé aussi collée avec quelqu'un d'autre que Thomas !
Léa : Je me suis laissée aller sur le rythme et j'ai fini par me détendre.
Léa : Il sentait les feuilles d'automne ! (Ce qui est un compliment !)
Léa : À la fin de la chanson, il a décollé sa joue de la mienne et sa bouche a frôlé le coin de mes lèvres. J'en ai eu des frissons…
MERCI, LÉA !

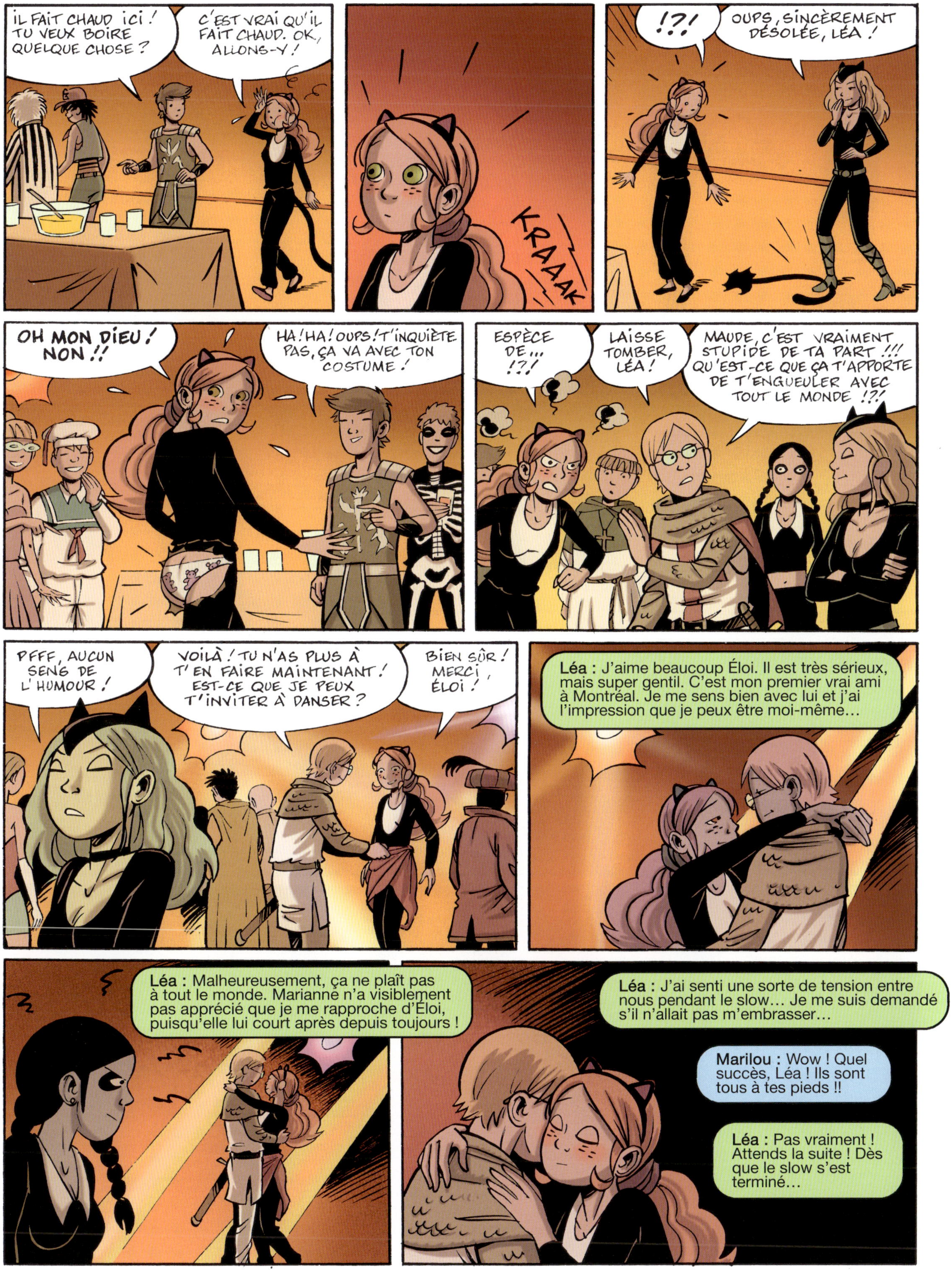
IL FAIT CHAUD ICI ! TU VEUX BOIRE QUELQUE CHOSE ?
C'EST VRAI QU'IL FAIT CHAUD. OK, ALLONS-Y !
KRAAAK
!?!
OUPS, SINCÈREMENT DÉSOLÉE, LÉA !
OH MON DIEU ! NON !!
HA ! HA ! OUPS ! T'INQUIÈTE PAS, ÇA VA AVEC TON COSTUME !
ESPÈCE DE... !?!
LAISSE TOMBER, LÉA !
MAUDE, C'EST VRAIMENT STUPIDE DE TA PART !!! QU'EST-CE QUE ÇA T'APPORTE DE T'ENGUEULER AVEC TOUT LE MONDE !?!
PFFF, AUCUN SENS DE L'HUMOUR !
VOILÀ ! TU N'AS PLUS À T'EN FAIRE MAINTENANT ! EST-CE QUE JE PEUX T'INVITER À DANSER ?
BIEN SÛR ! MERCI, ÉLOI !
Léa : J'aime beaucoup Éloi. Il est très sérieux, mais super gentil. C'est mon premier vrai ami à Montréal. Je me sens bien avec lui et j'ai l'impression que je peux être moi-même…
Léa : Malheureusement, ça ne plaît pas à tout le monde. Marianne n'a visiblement pas apprécié que je me rapproche d'Éloi, puisqu'elle lui court après depuis toujours !
Léa : J'ai senti une sorte de tension entre nous pendant le slow… Je me suis demandé s'il n'allait pas m'embrasser…
Marilou : Wow ! Quel succès, Léa ! Ils sont tous à tes pieds !!
Léa : Pas vraiment ! Attends la suite ! Dès que le slow s'est terminé…

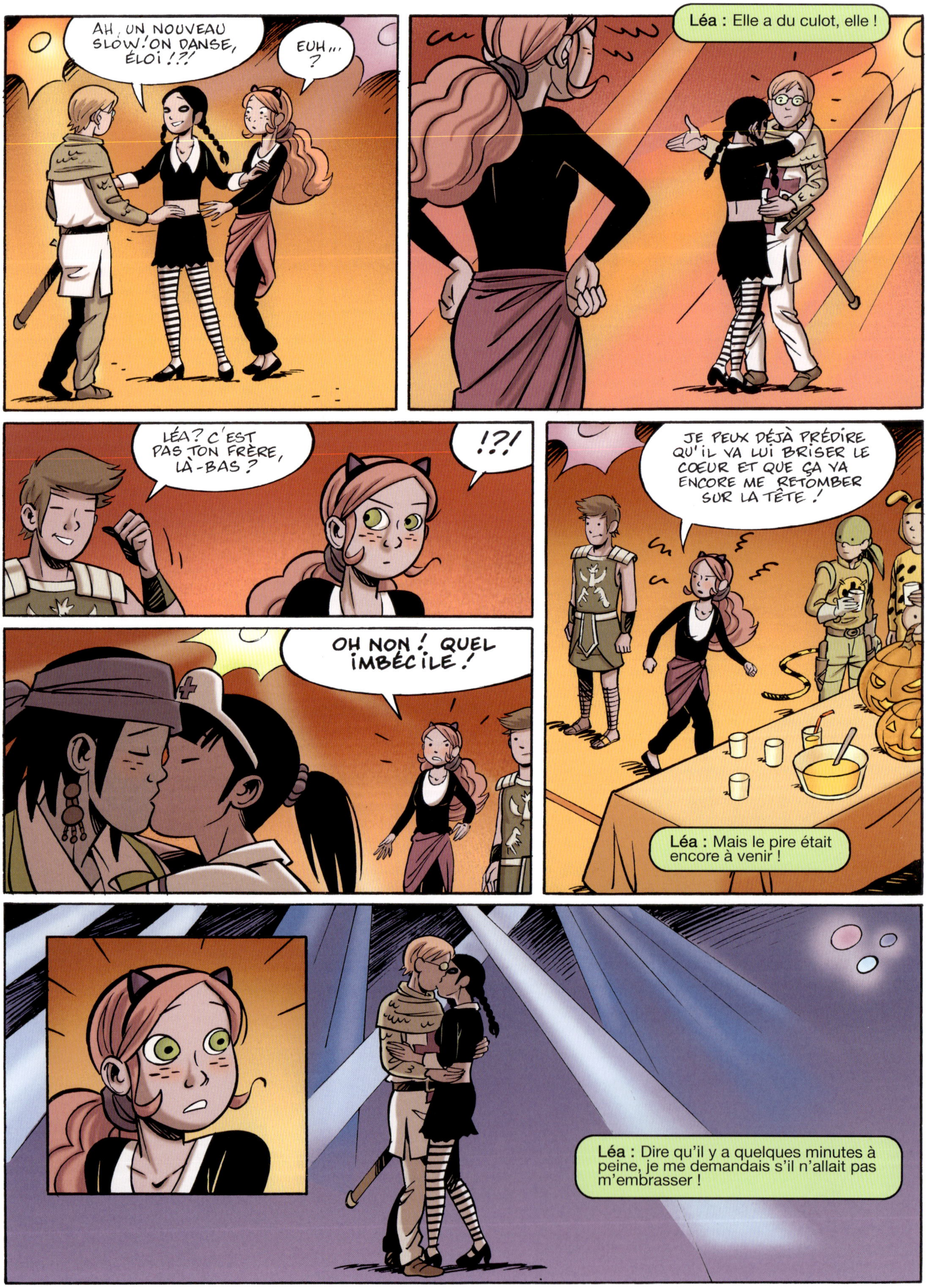
AH, UN NOUVEAU SLOW ! ON DANSE, ÉLOI ! ?!
EUH... ?
Léa : Elle a du culot, elle !
LÉA ? C'EST PAS TON FRÈRE, LÀ-BAS ?
! ?!
OH NON ! QUEL IMBÉCILE !
JE PEUX DÉJÀ PRÉDIRE QU'IL VA LUI BRISER LE CŒUR ET QUE ÇA VA ENCORE ME RETOMBER SUR LA TÊTE !
Léa : Mais le pire était encore à venir !
Léa : Dire qu'il y a quelques minutes à peine, je me demandais s'il n'allait pas m'embrasser !

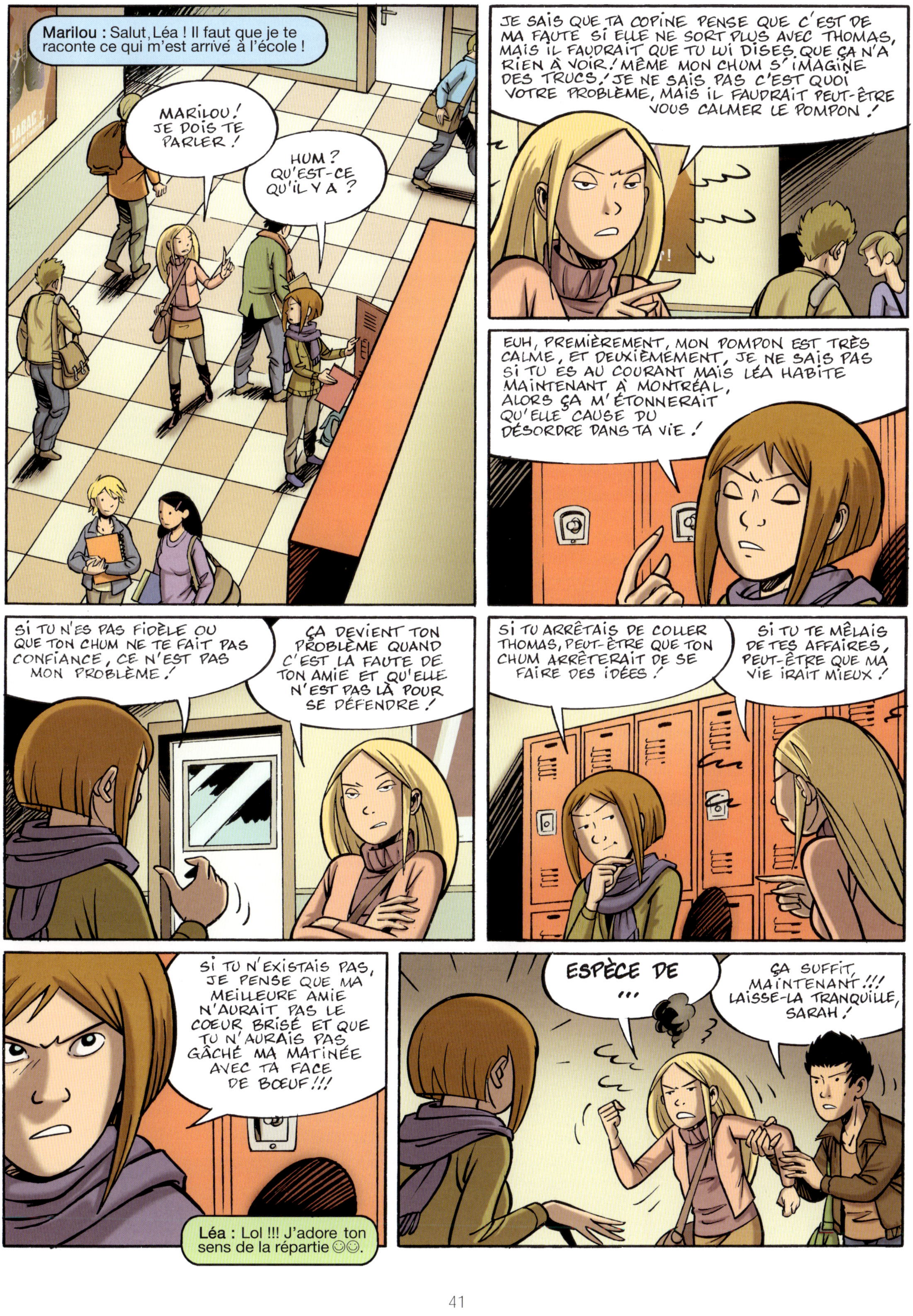
Marilou : Salut, Léa ! Il faut que je te raconte ce qui m'est arrivé à l'école !
MARILOU ! JE DOIS TE PARLER !
HUM ? QU'EST-CE QU'IL Y A ?
JE SAIS QUE TA COPINE PENSE QUE C'EST DE MA FAUTE SI ELLE NE SORT PLUS AVEC THOMAS, MAIS IL FAUDRAIT QUE TU LUI DISES QUE ÇA N'A RIEN À VOIR ! MÊME MON CHUM S'IMAGINE DES TRUCS ! JE NE SAIS PAS C'EST QUOI VOTRE PROBLÈME, MAIS IL FAUDRAIT PEUT-ÊTRE VOUS CALMER LE POMPON !
EUH, PREMIÈREMENT, MON POMPON EST TRÈS CALME, ET DEUXIÈMEMENT, JE NE SAIS PAS SI TU ES AU COURANT MAIS LÉA HABITE MAINTENANT À MONTRÉAL, ALORS ÇA M'ÉTONNERAIT QU'ELLE CAUSE DU DÉSORDRE DANS TA VIE !
SI TU N'ES PAS FIDÈLE OU QUE TON CHUM NE TE FAIT PAS CONFIANCE, CE N'EST PAS MON PROBLÈME !
ÇA DEVIENT TON PROBLÈME QUAND C'EST LA FAUTE DE TON AMIE ET QU'ELLE N'EST PAS LÀ POUR SE DÉFENDRE !
SI TU ARRÊTAIS DE COLLER THOMAS, PEUT-ÊTRE QUE TON CHUM ARRÊTERAIT DE SE FAIRE DES IDÉES !
SI TU TE MÊLAIS DE TES AFFAIRES, PEUT-ÊTRE QUE MA VIE IRAIT MIEUX !
SI TU N'EXISTAIS PAS, JE PENSE QUE MA MEILLEURE AMIE N'AURAIT PAS LE COEUR BRISÉ ET QUE TU N'AURAIS PAS GÂCHÉ MA MATINÉE AVEC TA FACE DE BOEUF !!!
Léa : Lol !!! J'adore ton sens de la répartie ☺☺.
ESPÈCE DE ...
ÇA SUFFIT, MAINTENANT !!! LAISSE-LA TRANQUILLE, SARAH !

TU LA DÉFENDS !?!
S'IL Y A DES RUMEURS SUR NOUS DEUX, JE SUIS CERTAIN QUE MARILOU N'Y EST POUR RIEN ! ET LÉA ENCORE MOINS ! C'EST DONC INUTILE QUE TU T'EN PRENNES À ELLES.
ALORS, C'EST PEUT-ÊTRE TOI QUI T'AMUSES À RÉPANDRE CES RUMEURS !?! TU PRENDS SANS DOUTE TES RÊVES POUR LA RÉALITÉ !
BON, BEN, MERCI D'AVOIR EMPÊCHÉ CETTE FOLLE DE M'ATTAQUER !
MARILOU, ATTENDS !
ÉCOUTE, JE SAIS QUE TU NE M'AS JAMAIS PORTÉ DANS TON COEUR, MAIS CROIS-MOI, LA RUPTURE N'EST PAS FACILE POUR MOI NON PLUS. C'EST JUSTE QUE ÇA NE POUVAIT PLUS CONTINUER COMME ÇA. MAIS JE NE SUIS PAS UN MONSTRE ! JE M'EN VEUX DE LUI AVOIR FAIT DE LA PEINE ! COMMENT ELLE VA ?
ELLE VA MIEUX ! EN FAIT, ELLE COMMENCE À REMONTER LA PENTE ET À SE FAIRE UNE VIE LÀ-BAS. VOTRE SÉPARATION A DÛ LUI FAIRE DU BIEN.
AH... OK... TU SAIS, EUH... TU PEUX LUI DIRE QUE...
NON RIEN ! LAISSE TOMBER ! BON... BYE, MARILOU !
Léa : Sa réaction est bizarre, non ? Ça me donne envie de l'appeler.
Marilou : Ne retombe pas dans son piège, Léa ! Change-toi plutôt les idées avec le bel Alex !

24 novembre
Léa : Une journée pleine de rebondissements ! Attache ta ceinture, tu vas halluciner ☺!
PUF
PUF
PUF
PUF
PUF
PUF
SMAT
GRMBL... JE **DÉTESTE** LE SPORT!!!
HA! HA! OUI, ÇA SE VOIT UN PEU!

ALEX !?! T'ÉTAIS PAS LOIN DEVANT, TOI ?
OUAIS, MAIS JE ME SUIS INQUIÉTÉ QUAND TU AS DISPARU !
ENFIN QUELQU'UN QUI A PITIÉ DE MOI !
AH BEN, C'EST PEUT-ÊTRE PARCE QUE JE T'AIME BIEN !
!?!
EUH... ATTENDS...
QUOI ? TU N'AIMES PAS ÇA ?
OUI, MAIS... C'EST JUSTE QUE JE PENSE ENCORE À MON EX, ET ÇA ME FAIT BIZARRE D'EMBRASSER QUELQU'UN D'AUTRE.
JE COMPRENDS... ON PEUT Y ALLER DOUCEMENT, ALORS.
OUI, ON VERRA. J'AI BESOIN DE TEMPS, OK ?
PAS DE PROBLÈME !
ALLEZ, VIENS, SINON LES AUTRES VONT VRAIMENT SE POSER DES QUESTIONS !

Léa : Notre prof de physique nous a donné un devoir sur l'astronomie ! Éloi m'a proposé de venir chez lui le soir pour observer les étoiles, car son père a un télescope.
WOW, C'EST BEAU ! TU REGARDES SOUVENT LES ÉTOILES ?
OUI, J'ADORE ÇA ! ET PUIS ÇA ME FAIT DÉCOUVRIR DES CHOSES SUR L'UNIVERS.
COMMENT ÇA ?
PAR EXEMPLE, IL Y A DES ÉTOILES QUE L'ON VOIT DANS LE CIEL QUI N'EXISTENT PLUS ! ELLES SONT MORTES DEPUIS LONGTEMPS... MAIS ELLES SONT TELLEMENT ÉLOIGNÉES DE LA TERRE QUE LEUR LUMIÈRE MET DES MILLIERS D'ANNÉES AVANT DE NOUS ARRIVER ...
CE QUI NOUS PERMET D'ENCORE LES VOIR ! DONC REGARDER LE CIEL QUAND IL FAIT NUIT, C'EST UN PEU COMME SI ON REMONTAIT LE TEMPS !
AAH REMONTER LE TEMPS... ÇA DOIT ÊTRE SUPER DE POUVOIR LE FAIRE EN VRAI ! IMAGINES-TU TOUTES LES POSSIBILITÉS ? ON POURRAIT CHANGER LE COURS DES CHOSES !
QU'EST-CE QUE TU CHANGERAIS SI TU LE POUVAIS ?
MMH... THOMAS ME MANQUE ENCORE BEAUCOUP, JE CROIS QUE J'AURAIS PLUS PROFITÉ DES MOMENTS QUE J'AI PASSÉS AVEC LUI. SI JE POUVAIS RETOURNER EN ARRIÈRE, J'ESSAIERAIS DE MOINS ME DISPUTER AVEC LUI POUR DES BÊTISES !
MAIS SURTOUT, JE PENSE QUE JE FERAIS TOUT POUR CONVAINCRE MES PARENTS DE NE PAS DÉMÉNAGER. COMME ÇA, JE N'AURAIS PAS À QUITTER THOMAS ET MARILOU.
MOUAIS ...
D'UN AUTRE CÔTÉ, SI TU N'ÉTAIS PAS VENUE HABITER À MONTRÉAL, ON NE SE SERAIT JAMAIS RENCONTRÉS ! TU ES EN TRAIN DE ME DIRE QUE TU LE REGRETTES ?
MAIS NON, CE N'EST PAS CE QUE JE VOULAIS DIRE, ÉLOI ! TU SAIS BIEN QUE T'ES MON SEUL AMI !

ET TOI ? TU FILES TOUJOURS LE PARFAIT AMOUR AVEC MARIANNE ?
EUH... OUAIS. ÇA VA PLUTÔT BIEN MAIS JE ME SENS PAS TOUT À FAIT À L'AISE EN FAIT.
C'... C'EST ARRIVÉ UN PEU VITE... C'EST SURTOUT ELLE QUI VOULAIT SORTIR AVEC MOI, TU SAIS ! ELLE EST COOL MAIS ELLE M'ÉTOUFFE UN PEU... J'AI L'IMPRESSION D'AVOIR CONFONDU AMITIÉ ET AMOUR... TU COMPRENDS ?
JE SAIS PAS. JE DOIS COMPRENDRE QUOI ?
PARFOIS, JE COMPARE MA RELATION AVEC MARIANNE ET CELLE QUE J'AI AVEC TOI, ET JE RÉALISE QU'AVEC TOI, C'EST BEAUCOUP PLUS SIMPLE ET PLUS NATUREL ...
QU'EST-CE QUE TU ESSAIES DE ME DIRE !?!
QUE JE SUIS PARTAGÉ !
ENTRE ELLE ET MOI !?!
OUAIS ...
JE NE SAIS PAS QUOI DIRE... C'EST VRAIMENT COMPLIQUÉ POUR MOI, EN CE MOMENT, JE COMMENCE À PEINE À ME SORTIR DE MA PEINE D'AMOUR, ET JE N'AI AUCUNE ENVIE DE TE PERDRE COMME AMI.
JE SAIS. MOI NON PLUS...

NY

Fin de l'épisode.

Lexique

Blonde – Amoureuse, copine, compagne.

Chum – Petit ami, amoureux.

Cute – Au Québec, le mot « cute » est très utilisé. Il s'agit d'un anglicisme qui veut dire « mignon » ou « sympathique ».

Gang (mot féminin au Québec) – Bande d'amis.

Kin-Ball – Le Kin-Ball est un sport collectif d'origine québécoise qui a comme particularité le nombre d'équipes sur le terrain (3) et la taille du ballon (1,22 m de diamètre). L'objectif est de servir le ballon de telle sorte que l'équipe adverse ne puisse le réceptionner avant qu'il ne touche le sol.

Magasiner – Faire les magasins, faire du shopping.

Party – Fête.

Plate – Ennuyeux.

Secondaire – Au Québec, on va à l'école secondaire pendant 5 ans, de la première à la cinquième (de 12 à 17 ans). Une fois le diplôme d'études secondaires en poche, on poursuit avec deux années au cégep afin d'obtenir le diplôme d'études collégiales qui permettra à ceux qui le désirent d'entrer à l'université.

Ville souterraine – Le Montréal souterrain est constitué de plus de 30 kilomètres de tunnels sous la ville. Il est considéré comme le plus grand complexe souterrain au monde. Les tunnels et galeries relient ensemble plusieurs tours à bureaux, des complexes résidentiels, le métro, des centres commerciaux, des universités, des résidences de luxe et des hôtels. On y retrouve aussi une large gamme de restaurants et de magasins. La ville est très utile l'hiver, car elle permet aux Montréalais de se déplacer en évitant le froid !

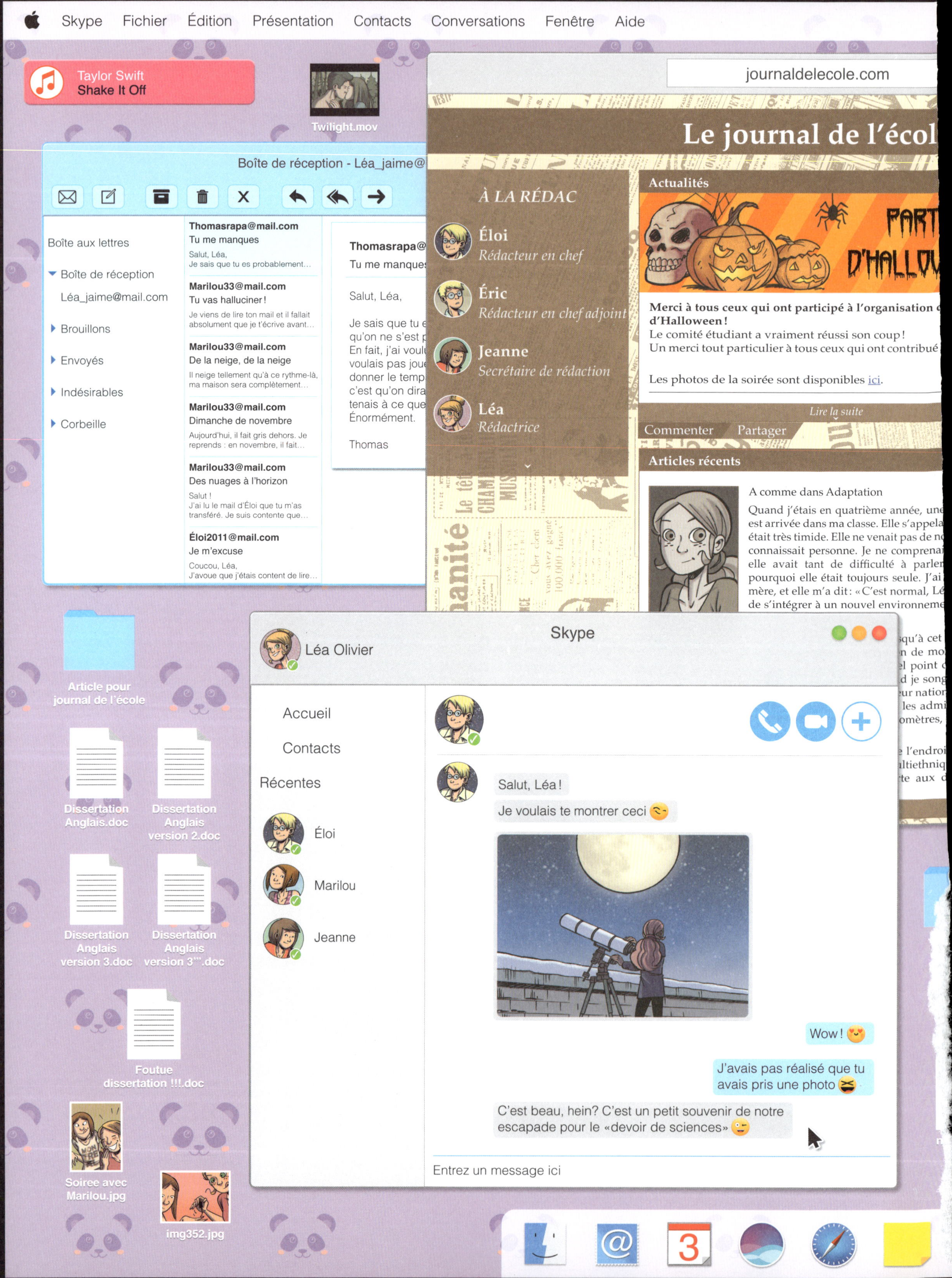

Skype Fichier Édition Présentation Contacts Conversations Fenêtre Aide
Taylor Swift
Shake It Off
Twilight.mov
Boîte de réception - Léa_jaime@
Boîte aux lettres
Boîte de réception
Léa_jaime@mail.com
Brouillons
Envoyés
Indésirables
Corbeille
Thomasrapa@mail.com
Tu me manques
Salut, Léa,
Je sais que tu es probablement…
Marilou33@mail.com
Tu vas halluciner !
Je viens de lire ton mail et il fallait absolument que je t'écrive avant…
Marilou33@mail.com
De la neige, de la neige
Il neige tellement qu'à ce rythme-là, ma maison sera complètement…
Marilou33@mail.com
Dimanche de novembre
Aujourd'hui, il fait gris dehors. Je reprends : en novembre, il fait…
Marilou33@mail.com
Des nuages à l'horizon
Salut !
J'ai lu le mail d'Éloi que tu m'as transféré. Je suis contente que…
Éloi2011@mail.com
Je m'excuse
Coucou, Léa,
J'avoue que j'étais content de lire…
Thomasrapa@
Tu me manques
Salut, Léa,
Je sais que tu e
qu'on ne s'est p
En fait, j'ai voul
voulais pas joue
donner le temp
c'est qu'on dira
tenais à ce que
Énormément.
Thomas
journaldelecole.com
Le journal de l'écol
À LA RÉDAC
Éloi
Rédacteur en chef
Éric
Rédacteur en chef adjoint
Jeanne
Secrétaire de rédaction
Léa
Rédactrice
Actualités
PARTY D'HALLOW
Merci à tous ceux qui ont participé à l'organisation d'Halloween !
Le comité étudiant a vraiment réussi son coup !
Un merci tout particulier à tous ceux qui ont contribué
Les photos de la soirée sont disponibles ici.
Lire la suite
Commenter
Partager
Articles récents
A comme dans Adaptation
Quand j'étais en quatrième année, une
est arrivée dans ma classe. Elle s'appela
était très timide. Elle ne venait pas de n
connaissait personne. Je ne comprenai
elle avait tant de difficulté à parler
pourquoi elle était toujours seule. J'ai
mère, et elle m'a dit : « C'est normal, Lé
de s'intégrer à un nouvel environneme
Article pour journal de l'école
Dissertation Anglais.doc
Dissertation Anglais version 2.doc
Dissertation Anglais version 3.doc
Dissertation Anglais version 3'''.doc
Foutue dissertation !!!.doc
Soiree avec Marilou.jpg
img352.jpg
Skype
Léa Olivier
Accueil
Contacts
Récentes
Éloi
Marilou
Jeanne
Salut, Léa !
Je voulais te montrer ceci
Wow !
J'avais pas réalisé que tu avais pris une photo
C'est beau, hein? C'est un petit souvenir de notre escapade pour le «devoir de sciences»
Entrez un message ici